独り　気高く　寂しく

独り　気高く　寂しく

アン・ドヒョン
ハン・ソンレ　訳

オークラ出版

自序

一九八九年のあの夏以降、私を成長させたのは名前の前につけられた「解職教師」という言葉だった。その言葉が私の想像力を締めつけようとする時、私はしきりに文学的自由主義者になりたがったし、私のわがままが丸見えになる時には、その言葉で自分を厳しく律しようと努力した。

そして今、それを私から切り離す時が近づいている。胸が痛い。私自身も変わらなければならないだろう。

しかし、これだけは捨てられない。詩に人生を密着させ、人生に詩を密着させること、そうすることで詩と人生が究極的に完全に一つになることはできなくても、限りなく一つに近づけるようにする、そのとても丸い夢のことである。

すべてがもっと貧しくなりますように、もっと孤独になりますように、もっと気高くなりますように、もっと寂しくなりますように。

一九九四年一月
アン・ドヒョン

目次

Ⅱ

Ⅲ

IV

V

I

君に聞く

灰になった練炭をむやみに蹴るな
君は
誰かに一度でも熱い人であったことがあるのか

練炭一つ

まだ他にも言葉はたくさんあるけれど
人生とは
自分ではない誰かのために
喜んで練炭一つになることだ

オンドルの冷えてきた日から翌春まで
朝鮮八道（註1）の道で最も美しいのは
練炭車が音を立てながら
力いっぱい坂道を上っていく姿なのだ
自分のするべきことは何かを知っているかのように
練炭は、一度自分に火が燃え移ると
止めどもなく熱く燃え続ける

毎日温かいご飯と汁物を頬張りながらも気づかなかった
全身で人を愛してしまえば
一塊の灰になって　寂しく取り残されることを恐れてしまう
だから今まで私は、誰かの練炭の一つにもなれなかった

思えば、人生とは
自分をばらばらに砕くこと
雪が降り滑りやすくなったある日の早朝に
自分ではない誰かが安心して歩いて行けるよう
その道をつくってあげることさえできなかったのだ、私は

訳註

1　朝鮮八道…朝鮮八道とは、朝鮮王朝が現在の朝鮮半島に置いた八つの道である。京畿道、忠清道、慶尚道、全羅道、江原道、平安道、黄海道、咸鏡道の八道のことを指す。

半壊した練炭

いつか私も音を立てて燃え上がってみたい
私自身を最後まで一度貫き通してみたい
載ってきたトラックに積まれて帰って行けば
練炭、初めてつけられた私のその名も
つぶされて　やがて私の存在も暗闇の中へとつぶされるだろうから
死んでもここで絢爛《けんらん》たる最期を送りたい
私を待っている熱い火種の上に
今は情け容赦もなく　冷たく割れた私の体を載せて
下から火が燃え移ることを、
時間のバトンを私が受け取る瞬間がくることを
そして次第に体中が赤く燃え上がっていくことを
私も感じてみたい

私も見てみたい
みなが眠りについた深い夜　目に赤い火を灯し
オンドルの石の中がどれほど暗いのか　手を伸ばしてみたい
私によって温かくなって、眠りについた娘の背中を
夜が明けるまでそっと撫でていたい

太陽と月

この峠を越える時
虎が道を遮り
腕を一本くれと言うのなら
腕を一本差し出しましょう

あの峠を越える時
虎が道を遮り
足首を一つくれと言うのなら
足首を一つ差し出しましょう

けれども両目だけはまっすぐ見開いて
しっかりと眺めていなければいけません

この峠を越えれば
またあの峠
日が暮れてしまえば
いつしか月が昇り
この波乱に満ちた世の中を万遍なく照らしていることを
私の両目がつぶれるほど見つけます

機関車のために

機関車よ、君は自分の力で走っていると思うだろう
些細なことから　世の中を動かす大きなことまで
一人の力ではできないことが　あまりに多いとは知らず
機関士が乗ってソウル駅から出発さえすれば
どこへでもたどり着けると君は思うだろう

だから出発してもいないのにそんなにいばり散らすんだ
たとえば客車に乗客が一人もいなかったら
貨物車両にラーメンの箱一つ積んでいなかったら
もし出発するとしても　君はただの鉄の塊に過ぎず
君は誰の記憶にも残らないだろう

この世の果てから果てまで　どれほど多くの
線路が互いに入り組んでいるのかも知らず
釜山《プサン》や木浦《モクポ》まで行ってきたんだと大げさに汽笛を鳴らしながら
ホームに入ってくる機関車よ、うぬぼれを捨てなきゃね
国境を渡って広大な大陸を横断するまでは
韓半島（註1）は悲しく小さな島に過ぎない

私が子どもの頃、汽車に何度乗ったことがあるのか
どれほど遠いところまで行ってきたのかを自慢し合うたびに
田舎育ちの私はすぐ気後れしたりしたものだけど
大人になってようやくわかった　世の中をたくさん知ることも難しいけれど
世の中と共に生きるということはもっと大変だということを

こっそりと君にだけ伝えたいことがあるんだけれど
機関車よ、最近の人たちが汽車に乗って

ゆで卵をあまり買って食べない理由はね、それは
人生からそれだけ遠く離れてしまったという意味で
一人旅に慣れてしまったからだそうだ

ただ通過する無人駅の名前のように
これから先の多くの日々が君を錆びつかせてしまうだろうけれど
機関車よ、線路の上に突っ立っていないで
新しい道をつくって走る時こそ、君は機関車なのだ
もう終わりだ、これ以上進めないと思った時に力を出して
走ることができてこそ、誰もが君を力強い機関車と呼ぶことだろう

訳註

1　韓半島…朝鮮半島のことを指す、韓国での呼称。

茅項《モハン》への道

君、時にはふと旅に出たくなる時があるだろう
こびりついた鼻くそみたいな生活なんか目をつぶって取ってしまってね
だから旅をすることは、
人生の辛さを味わった者たちがするものだから
世の中から私たちが見捨てられたと思った時、
私たちは一度、自ら世の中を投げ捨てるのさ
右脇に辺山《ピョンサン》（註1）沖の風景を抱えて茅項（註2）に行くんだ

扶安《プアン》村からバスで三十分ほど行けば
異郷暮らしから三年ぶりに自宅に帰った
遊び人のように
大尽風を吹かす海が見えるだろう

遠くから来たようだね　挨拶でもしようか
静かできれいな部屋もあるのだと、
海は君の服の裾をつかんで放さないかもしれない
そしたら何事もなかったかのように　一言投げかけてやればいい
茅項に行く途中なんだ
茅項を知っているということは
辺山の尻の穴まで知り尽くしているという意味なんだ

茅項へ行く道は　私たちの人生がそうだったように
曲がりくねっている、この道は言うならば
左寄りと右寄りを克服する道でもあるが
この世になかった道をつくる戦いに出て　疲れた君は、
疲れ果ててしまって
勝つことはできなかったが、しかし負けてもいなかった

あの偉そうな世の中なんかは　水平線の上の空にでも飾っておいて
旅する途中で、辺山海水浴場や彩石江《チェソッカン》（註3）のほうでしばらく
風に吹かれながら心を乾かしてもいいだろう
でも遅れてはならない
茅項に着く前の風景に酔ってしまうのは
それこそ野暮なことだから
もう少し行けば立派なものに出会えるだろうという
信じたくないけれど、それでも投げ捨てられない希望が
ここまで私たちを連れてきたように
茅項にもそうして行くんだ

茅項に到着したら
海を抱きしめながら一晩眠れるだろう
どうしてそんなことができるのかと君は聞いてくるかもしれない
体に心を重ねる　そんなことを

なぜ誰かが教えてあげないとわからないのだろうか
心配はいらない、茅項の見える道の上に立っているだけで
茅項はすでに君を温かく迎えてくれているのだから

訳註

1 辺山…全羅北道扶安郡にある高さ五一〇メートルの山。

2 茅項…全羅北道扶安郡辺山面にある国家地質公園の名所。

3 彩石江…全羅北道扶安郡辺山面格浦里にある景勝地。一九七六年、全羅北道記念物に指定され、二〇〇四年に名勝地「扶安彩石江・赤壁江一帯」に昇格指定された。辺山半島国立公園にも指定されている。

ニンニク畑のほとりで

雨がぴたりと止めば
ニンニク畑に日差しが降ってきます
ニンニクの芽が一咫《ひとあた》ずつすくすく伸びていきます
私は畑の端にしゃがんで座り
地中の深いところで
ニンニクがどれほどふっくら育ったのかを想像します
時がくれば
舌先をぴりぴりさせながら
三枚肉と一緒にサンチュに包んで食べて
ある時は漬物にもなるニンニクたちが
世の中をぎゅっと抱きしめて　大きくなっていく姿を想像します

母岳山《モアクサン》（註1）に登りながら

山を登っていく
何年ぶりか　とても気楽に
外に出てみれば　生活の貧しさも苦しい争いも　自分のものでないように思えてくる
もう少し山奥に入っていけば
もしかしたら、神仙になれるかもしれないと思いながら
ハンノキの林をかき分け、ハシバミの葉に触れてみながら
山を登っていく
私が登るにつれて
赤く染まった紅葉が一つ二つと散っていくのが見えて
私はため息でも吐き出したいが
この大きな山に比べて　私は小さ過ぎる気がして
何も声に出さず　登っていく

山は上に登るほどに深くなっていくが
私はこの山の下にある町で　アパートの坪数を少しでも増やすために
どれほど浅瀬であがいてばかりいたのか
世の中を包み込むかのような流れる川にはなれず
なすすべもなくズボンに汗を流してきたのだろうか
山を登ることはただの贅沢だと思っていた私の愚かさや
不確かな未来に抱いている焦りを
松ぼっくりに託し　力いっぱい遠くに投げ捨てながら
一歩二歩と登っていけば
顎の先まで息が苦しくなる時があるが、そんな時は
私はこの世に結局は苦労するために生まれてきたのだと思った

生きるということは
もう少し、あともう少し
あそこまで行ってみようと言いながら前に進むものなのだと

私なりに迷わず結論を出してみながら
葛のつるを見れば葛のつるになって横になり
青竹の林を見れば青竹になって揺れながら
山を登っていく

下る道をはっきりと知っていたのなら
私は我を忘れて登るだろう
やがて夜が更け　キツネがやって来て　尻尾を振って去っていく姿を
しばし心に浮かべてみる

訳註

1　母岳山…全羅北道完州郡九耳面と金堤市金山面にまたがる標高七九三メートルの山。麓には韓国の穀倉地帯である湖南平野が広がっており、貴重な仏教文化財である金山寺が有名。山の北側には九耳貯水池があり、貯水池の周辺には遊歩道が伸びていて、散歩するのに適している。

スミレ

スミレが一本
かわいらしく咲いているのを見て
野道を歩いていた娘のユギョンが
何の花なのかと聞く

私はスミレだと教えてあげた
そして二葉草とも呼ぶのだと

しばらく、その見事な花をのぞき込みながら
ユギョンと私は野原で
2人でこの世を半々ずつ理解した

日差しも興味があるかのように
私たちを長く照らしていた

土地

私に土地があれば
そこにアサガオを植えるだろう
時がくれば
朝から晩まで紫色のラッパの音色が
私の耳を楽しませるだろう
天に向かってつるが必死に手を伸ばすのを
毎日涙に濡れた目で眺めるだろう
私に土地があれば
息子には一坪も譲らないだろう
けれども、アサガオが咲いて散った土地に
成った丸い花の種を集めて
まだ種の弾けていない世界を譲るだろう

II

群山《クンサン》の沖合い

来るたびに沈んでいくようだ
群山（註1）の沖合い
真っ黒な水が取り返しのつかないように
錦江《クムガン》の河口のほうから流れてくると
続々と水面にお腹を浮かばせた
数万羽の死んだカモメの群れもやって来る
愛も歴史も傷跡だらけだ
それを地道に消そうとしない海は
いつも自己反省をしているようだ
この荒い海に錨を下ろして
波に身を奪われることを楽しむかのような
古い数隻の船

唇が腫れたような旗を上げて
長く苦しんだ者たちが持つ深い悲しみを手放せず
やがて手放すことができず　黒いあざになっていく西海《ソヘ》（註2）

訳註

1　群山…全羅北道の海岸沿いにある市。港湾都市として発展した。日本の統治下で米の積出港となり、今でも日本家屋や日本式寺院など、日本と馴染みの深い近代文化遺産が多く残っている。東は益山市、西に西海がある。

2　西海…朝鮮半島と中国の間の海を、韓国では「西海」または「黄海」と呼ぶ。

遠くの明かり

野原の果てに明かりが
一列横並びに広がる万頃平野《マンギョンピョンヤ》（註1）
この世の小川の水を最初に浴びる
子どもみたいだ
君たちも夕飯を食べに行くのかい？
寒いのに家に帰るのは大変だろう
自らに明かりを灯すということ、
人のために遠くからでも励ましの光を発するということは
今日一日の食事に値するのかしないのか
考えるほどに暗くなってしまうのだ

訳註

1　万頃平野…金堤平野、金堤万頃平野とも呼ばれる。全羅北道の金堤市を中心に広がっている韓国最大の穀倉地帯。

国防色のズボンについて

あの壁にかかったズボンは
国防色だ
頑丈な青春の太ももがすっと抜けたかのようだ
私はくたびれたズボンを見るたびに
私たちの祖国の路地裏でしか出会えない　ネオン看板が灯った
旅宿を思い出す
懐かしい匂いがしてくるようだ
休戦ライン（註1）の南側で国防色のズボンを履いて無駄な苦労をした男たちの中で
五十年代以降、そこに横になって　隣の部屋の
力を入れる声や
罵る声を一度も聞かなかった奴がいたら
出てこい、国防色のズボンがかかったすべての部屋は

赤い遊郭であり
我々は遊郭に育てられた子どもたちだ
ビシッとアイロンをかけたズボンを脱いで　そこを通らなくては
誰も大人になれない国で
そのズボンの中に両足を押し込んで
古い自転車に乗って自宅から連隊本部に出勤していた私は
防衛兵（註2）という身分だった　その当時、
軍用トラックの上から女性を見かければいつも手振りでからかったり悪口を喰らわせていた
現役兵たちの性欲を私が理解できなかったのは
彼らの国防色のズボンに隠れている
欲望の鐘の音を聞くことができなかったからだ
彼らが軍隊飯をかきこんでいる時、
私は母がつくってくれた食事を食べていたからだ
そして毎朝、「おい、防衛兵」と呼ばれては、私に「気をつけ！敬礼！」をさせた
私よりもはるかに年下の上等兵の顔に　唾を一度も吐くことができなかったのも

階級のせいではなく
私が彼より先に国防色のズボンを脱ぐことになっていたからだ
私の父は生前に、軍に行けばご飯や服がもらえて
兵役を全うしてこそ　大人になれると言ったものだが
私は自分の息子には二度と着させたくない
錆びた釘の棒にぶら下がっている
恥辱の抜け殻のような
あの国防色のズボン

訳註

1　休戦ライン…軍事境界線ともいう。朝鮮戦争の休戦ラインであり、韓国と北朝鮮を南北に分ける境界線である。

2　防衛兵…かつて韓国軍に存在した短期勤務兵。現役兵と違って自宅から勤務地に通い、服務期間が短いため、上等兵より階級が低い場合が多かった。

ポン菓子について

町はずれの空き地の近く
寂寞や犬の糞の山を友に通り過ぎれば
突然わき腹をつつく、熱いポン菓子の匂いがする時があるだろう
アレをしたのがばれた犬のように驚いて振り返れば
このポン菓子売りめ、くたばるどころか
約二十年前からそうだったかのように
もやもやと甘い匂いのする湯気を立てていたことを
思い出す　日差しのように白いポン菓子を
一粒でも多く拾って食べようと押しかけた
あの時の私たちはまるでメダカの群れだった
白黒写真の中に六十年代、七十年代をすべて詰め込んで
世の中に飛び出した私たち

噂では聞いている、今誰かは木に登るというライギョになったと言い
誰かは腕の太さほどのナマズになって泥水で遊び
また誰かはカマツカになったり、フナにもコイにもなったそうだが
私は人生が教えてくれた道に従ってきちんと
歩んでいるのだろうか、
たとえば　米一升に甘味料を少し入れて
限りなくかき混ぜて、ある瞬間　ポンとポン菓子一袋をつくり出すように
あっという間にひっくり返るような人生を
期待していたのではないだろうか
ポン菓子でお腹を満たそうとする欲が大きければ大きいほど
舌に出来物ができるほど食べてしまうので
夕飯は要らないと駄々をこねて
母さんに叱られてぶたれるんだ

冬の夜に詩を書く

君は練炭を取り替えたことがあるだろうか
冬の深夜三時か四時頃に
起きるのは死んでも嫌だが、だからといって起きないわけにもいかないのだ
時を逃してしまえば
ラーメン一つもつくって食べられないことを思って
飛び起き　六十ワットの白熱電球をつけて
目をこすりながら台所の引き戸を開けてみると
軒下の白い雪が　階級の上昇欲求のように積もっていた夜

私はその夜について今から書こうとしている
練炭を取り替えたことのある人が人生のどん底を知っている、
こうして書いては消して

練炭バサミを一度も掴まずに人生を知っていると言うな、
こうして書いてはまた消して、ボールペンを置き
窓の外を眺めてみる、世の中は大雪に包まれ
息を切らして止まってしまった蒸気機関車のようだ
希望を歌うことがなぜこれほど困難なのかを考えている間に
私の住むアパート公団住宅の
ある一つの部屋の窓にふと明かりが灯った
それを見ると　私は誰かがつらいながらに体を起こして
練炭を取り替えているのかもしれないと思う
裡里《イリ》（註1）輸出自由地域の貴金属工場に勤める彼は
労働基準法を一行も読んだことのない若い労働者
徹夜作業をして帰ってきては
酒一杯飲んでは文句を垂れ、よろめきながら
酔った赤い目をして練炭をかまどに入れているかもしれないと思う
燃え尽きた練炭のようないくつかの小さな夢を

捨てることができず、台所の隅にきちんと積んでおいて
練炭の匂いに見抜かれないよう
彼はできる限り息を長く止めることだろう
しかし、それは練炭を取り替えたことのある人にしかわからない
堪え難い恥辱を含んだ苦痛のようなもの
突然、私は悲しくなる
止むことなく降りしきる雪のせいではなく
詩の何行かに執拗にしがみついた日々は何だったのだろうかと思う
私は今まで、世界の外から世の中をこっそり盗み見ていただけだ

もう一度、ボールペンを握らなくては
低いところへ　しきりに私の体を突き抜ける雪が
今夜、私の愛する人たちの布団になってほしいと
私が書かなければ、
この世界の真ん中で

今、私の書いている詩がご飯になり汁物になるよう
終わりなく書いていけば、冬の深夜三時か四時頃
私の部屋の消えない灯りを見て誰かが何かつぶやくだろう
生きなければと、白い紙の上を強く押さえながら
この世界を愛さなければと、書いて　そしてまた書くつもりだ

訳註

1　裡里…全羅北道の西北側に位置する市で、今は益山市に統合された。

私の経済

靴を履きながら妻にバス代を少しと言うと、一万ウォンをくれた
全州《チョンジュ》（註1）まで行ったり来たりするには　市内バス代　二百十ウォンかける四に
プラスして
直行バス代　八百七十ウォンかける二にプラスして、お昼のジャージャー麺一杯分を千八百
ウォンを足すと
半分ほど残る　私は残ったお金で何をしようかと思いながらも
崖っぷちに立たされた私の経済よ、とても低く
叫んでみる　またある日にバス代を少しと言うと、五万ウォンもくれた
一週間分よと妻は念を押して、早く帰ってきてよと言うが
私はビョンチョン先輩に恥も知らずに　これまで酒を奢ってもらっていたから
そんな日の夕方には焼酎にカムジャタン（註2）でも奢ろうと思う

また数日後に靴を履きながら　妻にバス代を少しと言うと、
月末だから光熱費なんかを払って
千ウォン札が数枚しかないと言うので
四千ウォンをもらってズボンのポケットの中でジャラジャラする小銭はどれくらいあるか
手をそっと入れてみる　硬貨の縁がざらざらしているもの（註3）が多くないといけないが
つるつるの感触（註4）だ　私は急に寂しくなってしまったので
今日の昼飯は即席ラーメンで一食済まそうかと思う
その次の日も靴を履きながら妻にバス代を少しと言うと、
妻がいきなり、何のために生きているのかわからないと言う
娘のピアノ塾代も今日までに払わなくてはいけないと妻は
泣く、私は悲しくなる、私はまったく何も考えられない
昨日もそうだった
出掛けていたら久しぶりに会った友人が
子どもがいるのに最近どうやって生活しているのかと、心配そうに
私の経済が丸見えであるかのように尋ねてきた時
私はこう答えた　生きていたら何とかなるものさ、満足に暮しているよと

それを今では後悔している　もっと苦しい姿を見せればよかった
この世の中をひっくり返そうと　拳でも握ってみればよかった
私は全教組（註5）から出る生計補助費を
一ヶ月に三十一万ウォンもらう　現職の先生たちが給料から分けてくれるのだ
つまり、彼らは給料から毎月一万ウォン　停職になった教師に分けてくれているのだ
それをもらうたびに胸が苦しくなる
これが私たちのイデオロギーだ　私たちの思想だ
そうして自慢でもしながら
口先で心配する友人の後頭部を叩いてやるべきだった
私の経済よ、私は自分がしきりに怖くなる
男はポケットに金がないと栗のように小さくなってしまう
どうにか金儲けの算段でもしてみなさいと母は言うが
それっぽっちの金のために友達にも憎しみを突きつけようとする
自分自身がもっと心配だ　このままでは本当に
小さくなって小さくなって　一匹のカブトムシになってしまうんじゃないかと

私は最近それが一番心配だ

訳註

1　全州…全羅北道の行政・教育・文化の中心地であり道庁所在地である。

2　カムジャタン…骨付きの豚の背肉または首肉を、じゃがいも、葉野菜などと一緒に辛いスープで煮込んだ韓国鍋料理。

3　コインの縁がざらざらしているもの…五百ウォン玉を指す。

4　つるつるの感触…十ウォン玉や百ウォン玉を指す。

5　全教組…全国教職員労働組合。一九八九年に創立された幼稚園、小・中・高等学校教員を構成員とし、全国一七支部からなる韓国の全国単位単一教師労働組合。当時の盧泰愚政権は、教員の労組結成は違法であると宣言し弾圧したが、全教祖は結局結成された。しかし直後、韓国政府は著者を含む加入組合員一四九〇人を解職した。全教組が合法的に認められたのは、10年後のことだった。

あの家

生きていくのが本当に大変だと思うのは、お客さんが二、三人来ただけで
靴を脱ぐ場所が狭くて、靴同士がごちゃごちゃになってしまう時
幼い息子は駄々をこねて泣き、金が尽きて酒を飲むことも難しくなると
妻はもっと広い家に引っ越したいと言う
米を研いだり、ネギを切りながら、もっと広い家に移ろうと言うが
苦しいどころか、人生がこれ以上前に進みそうにない時
私は以前住んでいたあの家のことを想って　そこに行きたくなる

一間の貸し部屋で娘が一人産まれて、おむつを替えていた頃
遠くから友達が来れば　子どもをおんぶした妻は実家へ泊まりに帰り
私は友達と夜遅くまで酒を飲んで　翌朝、目を覚ませば
台所から酒汁を沸かした匂いが　夢路のように染み込んでいたあの家

家族が少ないのでバキュームカーの汚物代もわずかだった
大家さん家のインターホン横に　ピンポンと音の鳴るベルをつけて
私が遅く帰るたびに申し訳なく思いながら　そのベルを押していたあの家
松鶴洞《ソンハクトン》（註1）の陸橋を過ぎ、たい焼きを売っていた小さな店を抜けて、銭湯を通って
月賦で冷蔵庫が買えないかとよく覗いた
クムソン（註2）代理店を過ぎると、
一年の家賃が三十万ウォンの私の家
十万ウォンのマラソン・タイプライター（註3）が一台あればいいのに
来月の補習授業料をもらって　それを買ってしまおうかと思った
大家さんの家に電話がかかってきたら　床をそっと踏んで行って
通話を終えてから　私たちにも電話一台あったらいいのにと
来月にボーナスをもらったら買ってしまおうかと大騒ぎした
蛍光灯の光に照らされ　夜が長かったあの家
私は新規発令通知書に押された朱肉が乾いてもいない中学校の国語の先生
あの頃のように自転車で退勤し、あの家で唐辛子のチヂミを焼いて食べたくなる

また、私は大学に通っていた時に一人暮らしをしていた　あの家を忘れることができない
そこに私の青春の口づけの跡が残っているからではなく
父が郵便局の小額為替で頑張れ、と送ってくれた生活費を
酒に使い果たして　おかずも切らし
スーパーのおばさんによくツケでもらったラーメンをつくって、時々ひっくり返してしまった
今思えばいつもお腹がすいて一日中寂しかったあの家
一年に一度の割合で布団の包みに本数冊と炊飯器を詰めて
移り住んでいた、今では住所もわからないあの一人暮らしの家や下宿先
冴えない洗濯物や洗剤の香りがした年月
早くも赤ちゃんを堕した友人の恋人たちにワカメスープ（註4）をつくってやった記憶
毎年十二月に訪れた音沙汰のない新春文芸落選の記憶
戒厳軍にひどく殴られて赤い薬を塗った記憶
感覚もなくなるほど頭の先からつま先まで苦しかった記憶
私は一人で回るレコード盤のようによくもそこで暮らしていたものだ

現在戸籍に登録された私の本籍は京畿《キョンギ》道《ド》驪州《ヨジュ》郡《グン》洪川《ホンチョン》面《ミョン》大堂《テダン》里《ニ》
住所だけ見ても私は胸が痛い、
私の父が一生住もうと言って
慶尚《キョンサン》道《ド》から引っ越して建てたあの家
垣根がなく家の中いっぱいに風が吹いた、チームスピリット訓練（註5）の時は
近くの村に戦闘機が銃弾を浴びせたという噂を聞いたあの家
寒い日に庭で顔を洗ってドアノブを握ると手がくっつき
便座に座るとお尻が本当に割れそうになった
冬休みに帰れば、一年間弟たちが育てたヤギを捕まえて
倉庫にぶら下げて焼いて食べたり、炒めて食べたり、煮たりもしたあの家
母はヤギのスープ（註6）は体に良いから飲みなさいと言ったが
私は飲まないと言って逃げ、一晩中野原に散らばっているビラ（註7）を拾った
学校が始まりビラを渡せば　表彰状もくれるしノートもくれるという
教科書ほどの厚さの本になったビラを拾って　尻も拭いて鼻もかめば
父は紙がそんなにないものかと、言葉もなくオンドルに火をくべたあの家

私はそこを一度も自分の故郷と思ったことはないが
最寄りの停留所でバスを降りると胸が熱くなる
休みが終わってバスに乗って町へ出ると　また胸が張り裂けそうになったあの家
父が白菜を育てて稼いだお金で買った詩集を読みながら
その薄暗い勉強部屋のみそ玉麹（註8）の匂いになりたくなる

京畿道に避難するかのように引っ越す前の弟と私は
駄菓子屋に入り浸っていた　真冬に母に七《チル》星《ソン》サイダー（註9）をせがんで叩かれ
下着姿で追い出されては、凍った窓ガラス越しに両手を擦り合わせて謝った
いたずら盛りの頃はスプーンを握って　二人で弁論大会も開いたけれど
喧嘩して爪痕の一つでもできたらどうするのかと　母は怒って
隣の誰かのようにお母さんのいない子になりたいのかと
私たちは仕方なくまた謝って、ラーメン菓子を一袋ずつ分けて食べたあの家
練炭の火が消えた日は、綿布団をかぶって蛙のようにしゃがんでいれば
弟と私の吐いた息で温まってすぐ寝入ってしまったあの家

三人目と四人目が生まれても　私たち六人家族は引っ越しもせずに
その一間の部屋に住んでいたが、醴泉《イェチョン》農高のバスケットボール選手だったという父が
寝る時に両足を真っ直ぐ伸ばしている姿を一度も見たことがない
それで布団がテントのようになっては　寝るたびに膝が冷たかったあの家
その頃に撮った白黒写真は　色褪せたり染みが出来たりしたが
私は楽しかった
試験で百点をもらってきたらジャージャー麺屋にも行った

それ以前はどこに住んでいたか、これは私がよく知らないこと
のちに大きくなってからわかったのだが、窓のない醴泉の本家の小さな部屋で
私は生まれたそうで
産毛が猿の子のようにすべすべしていて
大人の手の平ほどの大きさなのに　部屋を一つ占めていたそうだ
苦い唾を吐くように陸軍兵長を除隊して帰ってきたあの家
甥たちがわんわん泣く時、安心して酒を飲みたい時

その頃から若い父も今の私のように
水を汲んでも　白菜を洗っても、もっと広い家、広い家と言う
妻の声を聞いたのかもしれない　やがて今の私のように
生きていくのは本当に大変だと思ったのかもしれない　これから良くなると思えない時
昔住んでいたあの家に帰りたいと思ったのかもしれない
土壁で菜っ葉が幾重にもなって乾く悲しい冬の真昼
カボチャ粥（註10）を煮ていた釜の前でよだれをごくりと飲み込んで
熱くてとろっとしたカボチャ粥を待っていた
キビの茎のように背の高いある少年のことを　長く想っていたのかもしれない

訳註

1　松鶴洞…全羅北道益山市にある洞
2　クムソン…一九五八年に設立された電子機器メーカーで、ＬＧエレクトロニクスの前身。八十年代はテレビや冷蔵庫、クーラーなどの家電を扱うクムソンの代理店があちこちにあった。
3　マラソン・タイプライター…東亜精工が制作した手動タイプライター。
4　ワカメスープ…韓国では、子どもが生まれるとワカメスープを母親に飲ませる習慣がある。誕生日にもワカメスープが用意されることが多い。
5　チームスピリット訓練…一九七六年から九三年まで実施されていた米韓合同軍事演習。
6　ヤギのスープ…韓国では黒山羊の肉を煮込んで辛く味付けし、健康食として食べる。きちんと下処理をした黒山羊のスープは雑味がなく、コクがある。
7　ビラ…北朝鮮が韓国に向けて飛ばした北朝鮮宣伝用や韓国批判のビラ。
8　みそ玉麹…味噌に玉ねぎを混ぜたもので、韓国料理によく使われる。
9　七星サイダー…韓国の代表的なサイダー。レモンとライムから抽出した香を使用した爽やかな味わいの炭酸飲料水。韓国ロッテが販売している。
10　カボチャ粥…韓国でよく食べるカボチャのおかゆ。日本とは違って一度ペーストにしてから加熱するので喉越しが良く、腹持ちも良い。カボチャの甘みを楽しめる。

服のせい

私は新しい服を着るのがとにかく嫌だった
年を一つ重ねれば　とてもよく似合うはずだから
体より大きいものを着なければと言って
せっかく服を買ってきた母を恨むことはできなかったが
じゃあ、今の私はどうなる、と思ったのは確かで
袖の裾が長すぎて
一、二回は折らないといけない
新しい服に自分の体を合わせざるを得なかった
わが家の貧しさが人にばれるようで嫌だった
小麦粉の袋をかぶったみたいだわ
背後で女の子たちが噂話をしているようだった
私のまだ幼い望みよりも　一年ほど先だって

私を連れて歩いた新しい服が憎くたらしく
芝生の上で、湿った地面で、何度も寝転んだ
砂埃の立つ運動場でなりふり構わず寝転がっても
それでも相変わらず私を閉じ込めるきれいな服を　今度は
無理やりにくしゃくしゃに押し込んだ、机の引き出しの中に
部屋の隅に　かばんの中に　劣等感の中に、ある日は
汚れてもいないのに洗濯物の中へと放り投げたものだった　私は世の中に投げ出され
走ってきてみれば　いつのまにか三十三歳
服のせいで　今朝も妻に大声を出して怒った
ワイシャツにアイロンをかけていないのに　スーツをどうやって着たらいいのか
約束の時間になろうとしているのに、いったいどうするつもりなのかと
私も来るところまで来たようだ
会う相手と場所によって服を選んで着るということは
中流階級に近づいたというわけで
服が財産と地位を保障する保護色であるならば

今の私は中流階級なのか
いや違う、違うと何度も頭を横に振っている間に
妻がアイロンをかけてくれた服を着た私は
緑色の葉っぱの上に座ってぶるぶると震えている青蛙や
泥水の中で餌を探してきょろきょろしている沼蛙じゃないか

こんなに遅い懺悔を君は知っているか

私がお酒に酔いつぶれ
家に帰る途中の暗い道端に
レンギョウの花がとてもきれいに咲いていました
それを一つ折って　持ち上げて
私の娘の唇のような花びらそれぞれに
何度も口づけをしたそうです

ところが
翌朝、あたふたと家を出ると
昨夜やらかしてしまった
取り返しのつかない私の過ちを
道端に黄色く点々と撒いてしまった自分の血を

見つけてしまいました

レンギョウよ
レンギョウよ
私は直さなければならないことがとても多い
人間だ　人間でもない

この世に遠足に来て

完州《ワンジュ》郡（註1）東上面《トンサンミョン》の入口に
栗の木林が生い茂っている
栗の花の匂いは
とても強烈だ

生きようと躍起になって
どうにか生きようともがく姿は
なぜかみんなの鼻につくみたいだ
人間も
最も長く彷徨った者の足の裏が
最もきつい臭いがするものだから

私はこの世に遠足に来て
今までどんな匂いを漂わせていたのだろうか
固い栗一つ　最後まで結ぶことができなくとも
日が暮れて下山するまでには
厳しくならないと　君にじゃなくて
今日の私自身に

訳註

1　完州郡…全羅北道の郡。全州市を囲むように位置している。

私に送る歌

君のために私は歌いたい歌があるから
今はまだ家に帰る時ではない
行かねばならぬ道のりは長く　鉄道はびくともせず
やるべきことが多くて　鉄道労働者は青い制服を脱げずにいる
待っていた汽車は来なかったけれど
待合室をこのまま空けておくわけにはいかない
死んでも横になる場所がないガム売りの少年と
頬の赤いリンゴを売り台に残し
今はまだ家に帰る時ではない

家とは、帰ってくつろぐ場所ではなく
汁物をつくって食べて　背中を温めるところではなく

ただ家を出ていく時に靴紐を結ぶところ
去らずには戻ってこられないのだから
帰ってこようと思ったのなら　また去らなければならない
私ではない人たちのために、いや私自身のためにも
私たちは一度も命がけで生きたことがなかった
近づいてくる冬の足音ぐらいガタガタと鳴る窓ガラスの前で
暖炉を焚いてくれなかったと君に不平を言うよりは
世の中とは私一人でも押し込んで　風穴を塞がねばならないところ
君のために捨ててもいい　私の体は冷めていないから
今はまだ家に帰る時ではない
私が歌わなければならない歌は　まだ終わっていないから
今はまだ家に帰る時ではない

私をいらだたせるもの

私をいらだたせるものは
後光（註1）と巨山（註2）の戦いで私が支持した後光の
敗北でなく　不正入試であり　公職者の財産公開の内訳ではなく
大惨事の根本原因究明ではなく　全教組脱退確認欄に
自分の手で押した印鑑の色ではなく　米国や統一問題ではなく
日刊新聞やニュース番組ではなく
ほんの些細なことだ
私をいらだたせるものは

たとえば
娘のユギョンが折り紙を使いすぎる時
昔は紙がどれほど貴重だったかお前は知らないだろう

この一言ですっかりむくれて部屋のドアをバタンと閉めて鍵をかけては
しくしく泣いてしまう時　私は呆れて腹を立ててしまうのだ
息子のミンソクがフラッシュマン（註3）のビデオに夢中になっている時
もう寝よう　明日幼稚園に行かないといけないからとなだめたり
脅しもかけてみるが　まあ　こいつは両目だけぱちぱちして
微動だにしない　そんな時　私は父として言葉にならないほど腹を立てるのだ

夕食の時　妻が忙しいことを理由に市場に行けなかったと言って
朝に食べた汁物が夕食のテーブルにまた出てきた時も腹が立つが
ある日はおかずは多いが　箸をつける気になるものが少ない時も
頭にくる。子どもたちが文句を言わないおかずに大人が文句をつけるのかと
妻が私を責める時も腹が立つし
それがやがて私の経済力と妻の生活力の話になって
挙句の果てに生活費の問題に話が移ると私は朝から腹が立つ
私がものすごくいらだつ理由を

こうして列挙することでしか表現できない
自分自身にまた腹が立つ
長い列に並んでお粥をもらうアフリカの子どもたちのように
列挙は窮乏の証なのだから

けれども
腹が立つことがあっても　このごろの人々はあまり腹を立てない
腹が立っても腹立たしいという態度を見せない
このごろそれが　また私を無性にいらだたせるのだ

訳註

1　後光…隠喩的表現。有力な誰かの後援を受けた者。

2　巨山…隠喩的表現。巨大な山のような勢力のある者。

3　フラッシュマン…「超新星フラッシュマン」のことで東映が製作したスーパー戦隊シリーズの一つである。一九八六年三月から一九八七年二月までテレビ朝日系列で放映されたが、そのビデオは韓国でも輸入された。

III

木

雨が降っても雪が降っても　四季折々と木が持ちこたえるのは
耳たぶを嵐に打たれながら
あちこちに髪を引っ張られたまま、戦々恐々としながらも
なんとか持ちこたえているのは
自分自身のためではなく
持ちこたえている姿を
今ちょうど若葉を出し始める幼い木々に
見せねばならないからだ
それでこそ近い将来この世を木の働きで満たせるからだ
できる限り持ちこたえることが木の教育観だ
低いところを見下ろせること
行けるところまで行ってみる人生が

美しいのだと全身で教えてやりながら
木は持ちこたえる

木だからといって　いろんな神経痛がないわけはなく
葉っぱ一枚一枚の悲しみがこみ上げることがないわけではない
もう死んでしまおうかと
一日に何度も首を横に振った日もあったはずだ
トラックに乗った木こりたちが着く前に
そのままばったり倒れてもいいものを
死んだように倒れ　すでに体の片方が腐っているかのように
何の役にも立たない木と言わんばかりに　鼻から突っ込んで
うつ伏せになっていてもいいものを木は
必死に立ったまま　木は持ちこたえる
体制に立ち向かって最も持ちこたえるやつが
一番先に疎まれてしまうもの

そうして木は
結局　全生涯をアンコウの牙のようなノコギリに任せてしまうのだ

ここで木の生命は終わったね、それも仕方ないねと早とちりしてはいけない
引きずられながらも木は持ちこたえる
持ちこたえたからこそ木は　自分を載せて行くトラックより長い
製材所で小さく切られながら木は
ころころと転がりながら
やがて新義州《シニジュ》（註1）まで汽車を運ぶ
枕木となって支えるだろう
木は持ちこたえる

訳註

1　新義州…中国との国境近くに位置する北朝鮮の都市。韓国の鉄道京義線の名目上の終点。

白樺を探して

暖かい南で暮らしてきた私にはよくわからない
白樺がどんな姿をしているのかを
詩人という者がそれしきも知らないなんて、と言いながら
友人は私を強く叩きつけながらからかったりした
だから森の道を行く途中　意地悪な友人が小奇麗なヤマナラシを指差して
「これが白樺だ」と言ったとしても私はすぐに騙されてしまうだろう

その高くて寒い場所に群れをなしているという
白樺が果てしなく心にしみるほど恋しい日には
雪の降る映画「ドクトル・ジバゴ」（註1）の上映館がないかと探したり
ある日は図書館で植物図鑑のページをめくったりもした
またある日は白石《ペクソク》（註2）とエセーニン（註3）とショーロホフ（註4）を再び広げてみたけれど

白樺が本の中にあると思ったこと自体が間違いだった

それで家族も生計も生業も憲法も忘れて
白樺を探しにふらりと旅に出たいと言った時
大企業の社員であり　私の友人である白いワイシャツは
私の思想が疑わしいと私に背を向け
心の中で「これからは絶交だ」と宣言をしていたのかもしれない

そんなことがあるたびに私はこう言ってやりたかった
恋してつらい思いをしたことのある人が　人生のどん底をわずかに知るように
白樺に対する恋しさも同じようなものなのだと
私が白樺を恋しく思うのは白樺が白いからで
白樺が白いのは白樺林で働く人たちが
汚れのない心を持っているからなのだと

友よ、暖かい南でまともに生きる人生とは
兎にも角にも白樺を探しに行くこと
白樺の林にあなたと私が一本の白樺として立って
より大きな白樺の林を成すことだ
そうしたら遠い国から訪れた人たちが私たちを見て驚くだろう
わあ、白樺がまるで白い服を着た人のようだ、と言いながら

訳註

1 映画「ドクトル・ジバゴ」…一九六五年に製作されたロシア革命をテーマにした大作で、前奏曲のイントロでは、ロシアの大地とそこを流れる大河、そして見事な白樺林が映し出される。

2 白石（一九一二〜一九六六）…一九一二年、平壌で生まれた。詩人で小説家、翻訳文学家。一九三六年に詩集「鹿」を発表。解放後は北朝鮮にとどまったことから、韓国では詩集の出版が禁じられていたが、民主化後に解禁された。著者が敬愛する詩人で、評伝を出版している。

3 エセーニン（一八九五〜一九二五）…革命期のロシア詩人。

4 ショーロホフ（一九〇五〜一九八四）…ロシアの小説家。一九六五年にノーベル文学賞を受賞した。

雪の止んだ野原

すべてを出せと
昨夜あれほどまでに　駄々をこねていた吹雪に
人間たちは何一つ奪われることなく
その純潔を確かに奪っては
独り占めにしているんだ

鮒《フナ》

くるくると
鮒は目玉を回しながら
水草の中に食べ物があるのかないのか探ろうと
鰓《えら》を広げて息を一度大きく吸ってみようと
まず
背びれをめいっぱいに広げた
それから尾びれに力を集めて水を左右に思い切り弾くため
傾かないよう体を真っ直ぐに支えた
すると
水中の岩に思い切り擦りつけたそうな鱗がまぶしかった
一尺を越える鮒の品位を念頭に　悠々と泳ぎさえすればよかったのだ

ああ、だめだ
体が言うことを聞かない
こんなはずじゃない
こんなものじゃない
こんなものじゃない
こんな痕跡を残すために生きてきたんじゃない

鮒は
バタバタと川水をさかのぼる時、尾びれの先に残る流れの
その生々しい痕跡がそれほどまで愛おしかったことはなかった

おやおや、あいつ今にも飛び出しそうだな
悲しみを知ることもなく、何も知らぬ人びとが口々に
一言ずつ投げかけては通り過ぎていった

市内バスは行く

市内バスが来た
後ろのドアが開いて人々が降りていく
市内バスはしばらくきょろきょろしていたが
いつの間にか前のドアから人を乗せていく
停まれと手を振らなくても
停まるべきところに停まり
オーライと叫ぶ短髪の女車掌がいなくても
出発の時になればきちんと出発する市内バスは
決して一人では遠くの夜道を行かず
眉毛のくっきりしたとても美しい女に誘われても
決して見向きもしない
私は市内バスに乗るばかりで

私以外の人を乗せて走ったことはない
エンジン音を大きく張り上げて
はめ忘れたボタンはないかと　もう一度確かめる小学生のように
後ろのドアも　前のドアも閉めて
市内バスは行く
私は未だに立ち去ることもできず
なぜまだここに突っ立っているのだろうか

新築工事現場にて

ショベルカーが土を掘り出しているのではなく
土がひたすら自分の口を開けている気がする
自分の恥部まですべて見せてやるんだと言わんばかりに
喉が渇いて我慢できないと言わんばかりに
大量の死をまだまだ受け入れられると言わんばかりに
土地が自ら身を放棄する姿を見ながら
私はいささか心配だ
いずれは底には水が
膿のような水が溜まるのを
知っていながら　なぜあんなことをするのだろうか

葛藤

風は吹きます、
道をつくろうと共に立ち上がった仲間たちは
氷盤が割れて沈んだように便りがありません
あなたに会いたい気持ちで　丘の上の空き地にヨモギが芽生えるようです、
あの薄緑のみずみずしく芽吹いた　枝垂《しだ》れ柳の枝のように
私も本当に狂ってしまいそうです
自分では自分という存在をどうにもできないからです
これではいけない、いけないと言いながら
私の体はしきりに縺《ねじ》れていくのです

家について

手に泥一つつけず　家を持つということは
あのツバメたちにどれほど面目ないことか
藁の一束を編んで載せたわけでもなく
泥一粒を運んで塗ったわけでもないのに
誰も彼もが窓の大きな家を欲しがるのは
世の中にそれほど盗みたいものが多いからなのだろうか
日々虚しく宙に浮いて生活していれば
自分の手で　土地の上に家を一軒
藁の家でも建ててみたくなる時がある
もし風に引き裂かれて崩れてしまったとしても
いつしか、わが子たちが育てば　尾羽を広げ
次は失敗のない家を　建て直すだろうから

古い自転車

とても長い間乗っていたので
ハンドルもボディもペダルもすっかり錆びてしまった私の自転車
自分の力では地面に踏ん張って立つことができず
塀にもたれかかって立っている
どれだけ多くの道で車輪をまわして走ってきたのだろうか
目を閉じても走っていける道を知れば知るほど
人生は衰えていくものなのかと私は思う

自転車よ
自転車よ
左と右に世界を分けながら
軽やかに走っていた頃を恨んでばかりいてはだめだ

左と右のバランスをよく取っていたからこそ
私たちは今日、ここまで、これくらいでも、たどり着けたのだから

井戸

底に溜まっている時、私たちは
私たちがいったいどれほど深いのかは知らないけれど
時折、空からつるべが下りてくるからといって
競って階級上昇を夢見る成り上がりではない
豊かに暮らすことは
世の中で共に揺れ動くこと
誰かの喉が渇いて
空っぽのつるべがゆっくりと下りてくる時、
互いに身を削って　そこにあふれるほど流し込めばいい
世のために血を流すような献身が苦しくもなく
悲しくもないのは
淀みながらも　いつの間にか新しい皮膚が馴染んでくる

その深さを　私たちが自らで測り切れないからだ

ヒメジョオンの花

空気を読まずにどこにでも咲くのでなく
ヒメジョオン（註1）の花は
人の目が届くところに咲く
あちこちに散らばった　ご飯粒のような花だというけれど
ヒメジョオンの花をヒメジョオンの花と思う人たちが
この地に住んでいる限り
ヒメジョオンの花は咲き続ける

時に風に吹かれて横になったり
日差しを浴びて茎が枯れたりもするだろう
その姿を晩夏のひととき
もし、涙ぐみながら眺める人が誰もいなければ

この世の片隅はどれほど寂しいことだろう
やがて取るに足らない白いものが
ある野道いっぱいに芽生えたとしても
誰がそれをヒメジョオンと呼ぶのだろう

訳註

1　ヒメジョオン（姫女菀、Erigeron annuus）…キク科ムカシヨモギ属の植物。背の高さが30〜150㎝で、白い花を咲かせる越年草。

昔の風景画

私が十歳あまりの頃
どの家も庭いっぱいに暖かい陽ざしが入ってきて
あのうんざりするほど寒かった冬も数日で引き返していくように思える日でした

地元の兄貴たちは部屋の隅に繭のように集まり　花札をして
生のサツマイモをいくつもちぎって食べながら
あの尼っこたちはキスもしてくれずに行っちまったと
ソウルに行ったスンドク姉さんやジョンニム姉さんの話をしながらくすくす笑い
それも飽きたのか
それとも陽ざしが暖かく　家の中にいるのがきまり悪かったのか
ドジョウでも捕りに行こうと庭に勢いよく出ていきました
その時の兄貴たちの体から漂っていたのは麹の匂いのようでもあり

栗の花の匂いのようでもある　その匂いにつられて
私もバケツを一つ持って　兄貴たちについて行きました

スコップを背負った兄貴たちについていくと
堤防の土手の日当たりの良い　藁の積まれた山の下に
日差しにつられて出てきたのか　ある女乞食が一人ニヤリと笑いながら、
肩を丸出しにしてシラミをつぶしていました、
ふと何を思ったのか
兄貴たちは私を土手の向こうに一人で座らせ
絶対に見てはいけないと
大人たちが遠くから近づいてきたら　バケツを叩けばいいんだと
何度も念を押され　兄貴たちは藁の積まれた山のほうに押しかけていきました
とても静かで日差しも乾いた音がしそうでした、

しかし　しばらくして私はつい見てしまったのです、

薄氷がプカプカと浮いているセリの畑で、
一人の兄貴がズボンを下ろし　ペニスを取り出してそそくさと洗うのを、
そして少し後で　また違う兄貴もそれを洗って、
また別の兄貴が同じように　それを洗って慌てて立ち上がるのを、
手を入れればすぐ赤くなるような冷たい水でです、
私は隠れながら神様のようにすべてを見てしまったのです

洪水

川の水は奥歯を食いしばって決心したのだろう
野原は広いそうだが
いったいどれだけ広いのか　一度自ら測ってみようと
苦心の末に　川の土手をどっと押しのけたのだろう
野原に水があふれてる
母が私を早めに起こした朝
町の入り口まで押し寄せ　自分の身で成し遂げたその泥水が
私にはまぶしくて
川の水がそれほどに誇らしかったのだけど
私の人生が洪水によって思いがけず集中被害を受けるのが
正直恐ろしかった
上流でダムが水を遮るようになってからのことだろう

我慢できないほどに見たいものが多くても
我慢に我慢を重ねてこそ
大人になれるというので
私はひたすら胸が痛かった

IV

この世界に子どもたちがいなかったら

大人たちもいなかっただろう
大人たちがいないので教育もなかっただろう
教育がないので教科書もなかっただろう
教科書がないので試験もなかっただろう
試験がないので大学もなかっただろう
大学がないので高校もなかっただろう
高校がないので中学校もなかっただろう
中学校がないので小学校もなかっただろう
小学校がないので運動場もなかっただろう
運動場がないのですべり台もなかっただろう

すべり台に乗って
毎日毎日空から降りてくる
まばゆい神様を見た人は誰もいなかっただろう

あのトネリコの幼い新芽も

あの幼いものが
この険しいところに恐れもせず
つんと尖った薄緑の新芽を伸ばして　出てくるのを見ると
頑張った、本当によく頑張ったと思う
あの小さなものが
歯も生えていないものが
目に青い光を輝かせてみようと
どうにか空に噛みついてみようと
この世の中へ
ここはどこだと、
少しずつ、少しずつ指を差し出して伸ばすのを見ると
あのトネリコの幼い新芽も

この春に恋でもしようと出てきたみたいだ
トネリコを眺めていると
全身がふと痒くなる
私も、生きがいのあるトネリコになりたい
あの湿った土から
この私の体の隅々まで
春がやって来ているのだと

学校へ行く道

六歳になった私は
赤の色鉛筆と紐で綴じたざら紙の練習帳を小脇に抱え
名札をつけて　胸ポケットにきれいなハンカチも入れて
古い風琴《プングム》のような教室の豊山《プンサン》小学校へ
ハングルを習い、足し算と引き算を学びに行きました
「我々は民族復興の歴史的使命を帯びて」で始まり
「一九六八年一二月五日大統領朴正熙《パクチョンヒ》」で終わる
国民教育憲章（註1）をよく覚えたと褒められ、賞としてノートをもらいました
春には田んぼの水に浸かった蛙の卵を触ってみながら
学校へ行く道で友達になった野花ともずいぶん遊びました

中学時代には鞄の中に参考書をいっぱい詰め込んで

黒い制服を着て　黒い制帽を被ってバッジをきちんとつけ
男女共学で名前も長い慶北《キョンブク》大学師範学部附属中学校へ
横文字の英語を学び、数学も学びに行きました
「暁の鐘が鳴った　新たな朝が明けた」で始まり
「住みやすい町を我らの力でつくろう」で終わる
セマウルの歌（註2）を音楽の授業のたびに一生懸命歌いました
キリギリスのように取り澄ました女の子たちの顔を盗み見しつつ
学校へ行く道で背もどんどん伸びていきました

そして高校時代、私は『成文《ソンムン》総合英語』（註3）の中に
金春洙《キムチュンス》や黄東奎《ファンドンギュ》や高銀《コウン》（註4）の詩集を密かに隠し
制服のボタンを一つ外して　制帽を斜めに被り
聖アンデレ金大建《キムテゴン》神父（註5）の銅像がある大邱《テグ》大建《テゴン》高校に
銃剣術を習い、韓国的民主主義の土着化を学びに行きました
三年生の晩秋に偉大な民族の指導者が逝去したため（註6）

何日経ってもラジオからは葬送曲だけが聞こえてきました
私は必ず詩人になる、よく覚えておけと決意を固めて
学校へ行く道で口ひげもボソボソと生えてきました

国文学科を卒業し　一六年間学校に通ったお陰で
二四歳になった年に国語の先生になりました
二級正教師の私は中古の三千里《サムチョルリ》自転車（註7）に乗って
国定教科書を教えに裡里《イリ》中学校（註8）へ行きました
キラキラ光る瞳の生徒たちを教える
学校へ行く道は　まだ幼い祖国を育てに行く道でした
その道の上で命をかけてもよい一言
「教師は労働者だ」、この一言を言ったという理由で
ひとときたりとも忘れられません　一九八九年八月七日
学校から追い出され、人びとは私を「街の教師」と呼びました

今日も私は行きます　解職教師になって
幼い頃歩いたように野道を歩いて小学校へも
市内バスに乗って中学校へも高等学校へも行きます
全教組新聞を運び　アンケートを配って署名ももらい
ある日はイシモチの干物や年賀状も売りに教務室に行きます
ラーメンをつくって食べて　さっと皿洗いをした後に一服し
校長が遮っても　教頭が横で目配せしても　私は行きます
はしゃぎながら登校する教え子たちの鞄を見ながら
学校へ向かう途中で涙がこぼれそうになります

私たちが守り抜いた旗は今びくともしません
その旗と共に明日も私は学校へ行きます
奪われた教え子たちとチョークと教員医療保険証を取り戻すために
朝には出席を取って　退勤の後は焼酎を一杯飲むために
夢でなく　希望でもなく　千万回の誓いでもなく

私は明日も愛する裡里中学校へ行きます

ところで、学校を去った後に　教科書が改編されたそうで

これから新しい授業指導案をつくるのが私はとても心配です

学校へ行く道は決して平坦な道ではありません

訳註

1 国民教育憲章…朴正煕政権下の一九六八年十一月二十五日に発表され、韓国の教育方針を盛り込んだ憲章。学校において生徒たちが暗唱させられ、戦前の日本の教育勅語的な影響力を持っていた。一九九四年に廃止される。

2 セマウルの歌…一九七一年から韓国全域で展開された地域開発運動であるセマウル運動の主題歌。「セマウル」とは「新しい町」を意味する。

3 『成文総合英語』…元英語教師の宋成文（一九三一～二〇一一）が書いた英語参考書。一九七〇年代から一九九〇年代まで大学受験の必読書だった。

4 金春洙、黄東奎、高銀…韓国の代表的な詩人たちの名前。

5 聖アンデレ金大建神父（一八二二～一八四六）…韓国初のカトリックの神父。一八四六年九月、漢江セナムト（現在の鷺梁津の砂浜）で殉教した。

6 偉大な民族の指導者が逝去した…一九七九年十月二十六日に、朴正煕大統領と警護室長が、金載圭中央情報部部長によって殺害された事件。韓国では起きた日付から「十・二六事件」と呼ばれている。

7 三千里自転車…韓国一の自転車会社。現在もさまざまな自転車や電気自転車を扱う。

8 裡里中学校…全羅北道益山市にある私立中学校。著者が教鞭をとった学校。

その飯屋

熱い湯気の立ち上る中央市場のその飯屋
魚屋のおばさんも修繕屋のおじさんも食べに行くその飯屋
誰一人　ご飯粒一つ残さず、おかずに文句を言わないその飯屋
その飯屋でご飯を食べた後に　遊びに行く人が誰一人いないその飯屋

群山の友

——李光雄《イグァンウン》先生（註1）

友よ
と呼べば
私たちの間の二十年もの年の差を克服できそうな
一見崩れてしまいそうな　空き家のような
人もいないその家にいっぱいに広がった
風のようで、草の匂いのような
群山海望洞《ヘマンドン》（註2）の夜明けに飲むアサリ汁のような
チェボ波止場（註3）の船着き場で、ヒラの刺身一皿と一緒に飲む焼酎のように
お前はまだまだ遠いままだ
私の背筋を打ちつける　西海の波の音のような
深い夜、悲しい聖書の一節のような

白石の詩のように貧しく独り寂しく
一篇の叙情詩のような
肩を寄せ合って仲良く道を行く春の日
たんぽぽのような
少年のような

訳註

1　李光雄…一九四〇年、益山生まれの詩人、教師。一九八二年、反国家団体を結成したとでっち上げられ、八七年まで投獄された。翌年、中学校に復職したが、全国教職員労働組合に入ったため、解職される。九二年没。

2　群山海望洞…全羅北道群山市が管轄する洞。「海を眺める町」という意味で「海望洞」という名前がつけられた。

3　チェボ波止場…全羅北道群山市錦岩洞に位置していた港。竹城浦とも呼ばれ、高麗時代から群山市の主要港口の一つだった。

恋

恋愛に夢中だった頃
あの頃は良かったのだろうか
野原でも海辺でもバスの中でも
この世にただ二人だけがいた頃
四季折々眺める場所はどこにでもツツジが赤く咲いて
雨が降ったら土砂降り
雪が降ったら大雪
身動きが取れず、かといってじっとしてもいられず
路上で　喫茶店で　一人暮らしの部屋で
寂しくても気高かった恋
あの頃は良かったのだろうか
恋愛に夢中だった頃よ、お前を呼ぶと

私の背中はとても熱くなってしまうようだ
そもそも恋愛とは人を想うことだから
ついつい人が人であることを脱ぎ捨ててしまう
幼いオオカミになって心を隠し
キツネになって尻尾を隠し
風の吹くところで長い間泣きたくなってしまうものだから
恋愛に夢中だった頃よ、あの日は去っても
二人は残っている
私たちは互いに与えたいものが多くて
今日も夜空には星が浮かぶ
恋愛に夢中だった頃よ、ほら見てみろ
愛は去った者への恋しさではなく
刻々と迫ってくる蒸気機関車なのではないだろうか
だから私たちが生きている間の
人生は　最後まで恋愛なのではないだろうか

新しい道

一歩、二歩、踏み出せば
足の届くところはどこでも道になることを
友よ、私は最初は知らなかった
偉そうなやつでも、能のないやつでも
一人、二人、集まりさえすれば
私たちがそれこそ新しい道になって
波になって
歴史になることを
今ようやく知ったんだ　友よ、
世の中がこんなに暗いのは
私たちが進むべき道を
世の中が自分自身の胸の中に隠していたからだということに

やっと私たちは気づいた
幾重の山、うねる波、困難な時代
乗り越えることが難しいと思える時ほど
友よ、行こう
私たちが新しい道となって行こう

襲い掛かって来たら
――アフリカ民謡を真似て

君たちは
巡査が襲い掛かれば　支署長を見せて
支署長が襲い掛かれば　警察署長を見せて
警察署長が襲い掛かれば　道警局長（註1）を見せて
道警局長が襲い掛かれば　治安本部長を見せて
治安本部長（註2）が襲い掛かれば　内務省長官を見せて
内務省長官（註3）が襲い掛かれば　大統領を見せるけれど
私たちは
大統領が襲い掛かれば　民衆の力を見せてやるんだ

訳註

1 道警局長…現在の地方警察庁長

2 治安本部長…現在の警察庁長

3 内務省長官…地方行政や災害管理、治安などに関する事務を管掌する中央行政機関の長官。現在は総務処と統合して行政安全部に改編された。

アメリカに関する研究

私は小学校六年生の時、大邱《テグ》の東村《トンチョン》遊園地（註1）で
初めてアメ公を見た
白い桃色の肌で腕の太い奴だった
脇下から黄色い毛のようなものがはみ出ていた
私の姉と同じ年頃の女を腰にぴたりとつけて行くのだが
化粧というより香水の匂いがひどかった
私が後ろからついて行ってハローと言ったら
奴は一度ウィンクするのだった
私がまた後ろからついて行ってハローと言ったら
奴はクソ坊主めと言いながらオオカミのように森の中へと消えていった
永遠の友好国、血で結ばれた同盟
アメリカ人をなぜアメ公と呼ぶのか

私はその時までまったく理解できていなかった

訳註

1　大邱の東村遊園地…大邱にある遊園地。日本統治下の一九一八年に開発が始まり、解放後、遊園地として開発された。近所に大邱飛行場（大邱国際空港）があり、米軍政当時、この飛行場に米八軍司令部が位置した。

ソウルに住む友へ

世の中に思いのこみ上げる秋が迫っている
木の葉が紅く染まり、落とすべき葉が落ちていくのを見ると
自然はいつも革命も上手なんだと思う
風の便りでこのごろは希望が君の味方ではないという知らせをよく聞く
うまくいくこともうまくいかないこともなく
生きるのが大変なら、こっちに一度逃げて来たらどうだ
どうせなら湖南線《ホナム》（註1）の統一号列車に乗って　蒸した卵をいくつか
塩をつけて頬張りながら　週刊誌でもめくりながら来たらどうだ
今週の占いに頼ってみてもいいし、
光州《クァンジュ》（註2）に行く人に会ったら望月洞《マンウォルドン》（註3）へ行く道を聞いてもいいだろう
夜遅くに到着するのがいい　裡里《イリ》駅（註4）の広場でビールから始めて
私は君が酔うまで酒を奢りたい

人生より先をいく理屈も一緒に連れてきたらいい
夢でなく現実に会って一杯やろう
肩をワタリガニのように少し下ろして　スンデ（註5）の鍋が沸騰する
中央市場のジョンスンの店に入り込むのもいいし、レテという店もいい
夜十二時を過ぎたらロジンという屋台に行ってヌタウナギを焼こう
解職された教師が金もないくせに酒なんてと思うだろうが
なければツケでも飲む　ツケで飲めるところがあるというのは
世の中がまだ私たちを見捨てていない証拠ではないか
夜が明けたら金堤万頃《キムジェマンギョン》の野原を見に行こう
地平線が額を打つところだそうだが君は知っているだろう
野原こそ民主大連合（註6）の象徴ではないか
急に君には負担になるかもしれない　でもそれしきの名前なんか
犬の糞でも、牛の糞でもいいじゃないか
秋が過ぎる前に必ず一度会いに来てくれ

訳註

1　湖南線…大田広域市と全羅南道の木浦駅を結ぶ、鉄道路線。

2　光州…韓国の南西部に位置する広域市。

3　望月洞…光州広域市北区にある洞。近所に光州民主化運動で犠牲になった人びとの墓地がある。

4　裡里駅…全羅北道益山市にある湖南線の鉄道駅。現在は益山駅。

5　スンデ…豚の腸の中にもち米や春雨などを詰めて蒸した料理。「韓国式ソーセージ」とも呼ばれる。

6　民主大連合…一九八七年の民主化以降、軍部独裁を引き継ぐ勢力に対して、民主勢力が団結して抗おうとする考え。

草刈り

草を刈るには　まず鎌をしっかり掴まなければならない
左手では草を適度に掴まなければならないし
膝の位置や肩に入れる力も適度に調節しなければならない
だから草刈りは自分に相応しく暮らすのと同じくらいに難しい
知らなかったわけではないが
チョークをいじることしかできなかった私にはまったく自信がない
農村奉仕活動（註1）は連帯事業だからと決心してここまで来たのに
誰かが砥石で研いだ鎌を初めて受け取って
私はふと甲午年のその怒り（註2）で燃え上がった野原を思い出してみたが
とんでもない　草を刈って指まで切ってしまったら
よもぎをすりつぶして流れる血を止めなければと考えるので精一杯だ
草刈りに私の全生涯をかけなかったからだろうか

草むらは広いのに
私はどんどんと狭くなる
草は根を切れば切るほど、気合を入れて蘇る
いわば大同団結、大同闘争（註3）の肩を寄せ合っているのだ
青いということ自体がすでに人生であり戦いなのだから
ふと私の教え子たちを思い出す
それは子どもたちが毎年見違えるように背がぐんぐん伸びるからだろう
それなら私はいつも役に立たない一本の鎌だったのかもしれない
叩いて押して耳を塞いで目隠ししたこと（註4）を一千万回後悔する間に
私はやり遂げたことがないと気がつく　ふと
これではダメだ、ダメだと思いながらも　人生は新しく始めるもの
草むらが私に波のように押し寄せてくるようだ
草を刈ろうと思ったのなら全身で刈らねばならない
丘を越えて大学生の農活隊（註5）が昼食を食べに来るまでには
私もこれくらいはやったと　草の山を見せて肩をいからせたい

私は姿勢を低くして　草むらの中に鎌を当てながら
初めて青く染まった人になろうとしている

訳註

1 農村奉仕活動…韓国では縮めて「農活」とも呼ばれ、人手が足りない農繁期に作業を手伝う農業ボランティアのこと。

2 甲午年のその怒り…一八九四年（甲午年）に起きた甲午農民戦争のこと。主要な関与者に東学の信者がいたことから東学党の乱とも呼ばれる。当時、さまざまな社会混乱と政府の腐敗で民心が動揺するなか、古阜郡の郡守が農民に過重な税金を課し、これに抗う人びとに容赦なく刑罰を加えたことなどが導火線となって蜂起が起きた。鎮圧を口実に清国と日本が朝鮮半島に上陸し、日清戦争へとつながった。

3 大同団結、大同闘争…民主勢力が団結して闘争し、民主化を勝ち取ろうという意味の言葉。

4 叩いて押して耳を塞いで目隠ししたこと…民主化のために立ち上がった人たちに背を向けたり、また背を向けるように仕向けたこと。

5 農活隊…農村奉仕活動を行う学生のこと。

V

冬の葉書

追い出された学校の校門の外で
三度目の冬を迎えます
あなたの住んでいる空のほうを眺めている間に
この葉書に詰め込めないほどの
雪が降りました
「会いたい」という言葉だけを書こうと思っていました
雪に覆われた学校の運動場を
真っ先に足跡をつけながら歩いて行く子どもたちを
遠く後ろのほうから呼んでみたいという言葉は
決して書かないようにと思っていました
愛しい人よ
あなたと私を合わせて

私たちと呼べる日がまた来るまでは
私は春をも待たないことにしました

法の通りに

大学の法学部に進学し
裁判官や検察官になることだけが
自分と祖国のための道ではないと教えた彼は
教員労組の結成に参加したという理由で
齢五十を過ぎて教師を解職された
団体行動や命令不服従に誠実なる義務の違反まで
法の通りに彼は
罷免された

大学の法学部に進学し
裁判官や検察官になることだけが
親孝行であり国に忠誠する道だと教えた彼は

教員労組の結成を阻止したという功労で
齢五十にもならずに校長になった
模範表彰や優秀教員賞に青瓦台（註1）での昼食会まで
法の通りに彼は
昇進した

訳註

1 青瓦台…青瓦台は、2022年5月まで韓国大統領の執務室や官邸、大統領府が置かれていた施設の名称。ホワイトハウスのようにブルーハウスと呼ばれることがある。

教員労働者になって

この教科書は
警察署長をつくる　警察署長になれないのなら
戦闘警察（註1）の盾にでもならねばならないと
火炎瓶（註2）によって国家が混乱すると
この教科書は教える

この教科書は
社長をつくる　社長になれないのなら
ストライキを崩す角材にでもならねばならないと
労働者たちのせいで社会が不安定になると
この教科書は教える

この教科書で勉強するのを嫌がる奴らが
飯を食ってはデモばかりし
この教科書で勉強をしなかった奴らが
仕事を放り出してストライキばかりしやがることを
教える

しかし私は教えられない
この教科書を読んで学んだ者が
権力者になり　資本家になり
公権力をみだりに投入し
労働力を搾取し
世論を歪曲しているからである
力ある者たちが　成りあがった者たちが
一握りにさえならない枯れ草のような者たちが
一杯のご飯と一口の水で安定を切望する

絶対多数の主人（註3）たちを抑圧しているからである
この教科書で学んだ者が
世の中を混乱に陥れているからである
そうして今、私は生まれ変わり
労働者になって

この教科書を教えようとする
君たちは無駄飯を食う豚にならぬように
働く者になるように
働く者こそが主人の世の中になるよう
闘うならその時は
石ころになり
火炎瓶になり
叫び声になり
旗になるようにと

教員労働者になって教えようと思う

訳註

1　戦闘警察…　戦闘警察巡警。そもそもは北朝鮮工作員によるテロやデモなどに対処する為の韓国の警察組織だが多くは民衆のデモを抑圧するために動員された。二〇一三年に廃止されることに。

2　火災瓶…ガラスなどの瓶に可燃性の液体を入れ、火をつけて投げる武器。デモをする民衆たちが戦闘警察と対峙した際に投げることが多かった。一九八九年まで、韓国ではデモの際に使われていた。

3　絶対多数の主人…主人＝民衆。韓国憲法には「すべての主権は国民から」と明記されている。

マスの刺身を食べながら

今日も最後の授業が終わるより前に
日が暮れました
職員室の机に鍵をかけて
ガタガタと揺れる自転車に乗って
私たちは久しぶりにマスの刺身を食べに行きました
底に落ちた餌は
死んでも食わないという
淡水魚の貴族
志の強い生き物といわれる
マスの刺身を一皿頼んでおいて
私たちは不平と不満をつまみにし
焼酎の盃を回し飲みします

先輩

北方のある山の中で
炭鉱労働者として働く先輩のことを
私は思います

切り場（註1）から帰ってきて
目と歯だけを輝かせて
体を一生懸命洗っている
先輩の腕を思い出します
命がけで働く人だから
北方で最も尊敬されているという
先輩も今頃
夕食のお膳を囲んでいることでしょう
一日の仕事の終わりを明るく照らす
電灯の光を額に受けながら

先輩もマスの刺身を食べているのでしょうか
冷たくて清らかな水を泳ぐマスの中から
一匹を掬い上げて
エゴマの葉の上に
酢コチュジャンに
青唐辛子に
ニンニクに
そして一切れのマスの刺身をのせて
ごくりと飲み込んでいるのでしょうか

先輩
先輩が命をかけて
鉱脈を求め
千丈の地中を掘り進めるように
教える仕事一つに

私たちも命をかけたいです
チョークで飯を食う
尊敬される労働者になろうと
地に落ちた名を
教員労組の旗に掲げました
マスは鱗のない体に
七色の虹を身にまとって生きていると言われますが
先輩
私たちが生きるということは
体に虹をかけるためではないことを
先輩は知っていますよね
私たちが一つになって
同じように労働者として会う日
その日のために
先輩の顔には石炭の粉が

私たちの肩にはチョークの粉が
旗のようにはためく
そんな世の中のために
ようやく戦い始めました
会いたいです、先輩

訳註

1　切り場…鉱石の採掘やトンネル工事で、掘削が行われる現場。切り羽、切り端ともいう。

妻の夢

最後まで脱退の覚書を書かないのなら
法の通りに処理するしかないという
校長からの脅迫電話を受けて
妻はうさぎの子どものように身を震わせていました

夫が飯の食い上げになるのを
他人事のように見てばかりいるのかと
男の心は女次第だという
姑のひどい叱責に
妻は夕立ちのように声をあげて泣きました

学校を去ってどこに行って「真の教育」をするのかと

より大きな前進のために一歩後退し
また将来を練り直さなければならないという
我が校の先生たちの切ない説得に
妻はその夜一睡もできませんでした

私が解雇されてからは他人の目が
気になると言って外出の数が減り
なにかと落ち込んだりする妻でした
子どもが病気になったりおかずがなくなったりすると
真っ先に癇癪を起こす妻でした

その妻が変わりました
いつの日からか一枚一枚印刷した紙を配って
胸に「真の教育」のバッジをつけて
街で支持署名を集め始めました

集会に参加して歌を習っては歌い
その細い手首を振り上げてスローガンを叫び始めました
ひ弱だった一人の女性でしたが
その妻がずいぶん変わりました

前より学校の環境がめっきり良くなり
平の教員の給料が大幅に上がったとしても
教えたいことを
思い通りに正しく教えられない学校なら
そのような学校には戻らなくていいと
血と汗を流して戦って得たものではなく
タダでもらえる餅なら食べなくてもいいと
たとえ今は貧しいけれど
妻はずいぶん心が豊かになりました

あなたが抱いている旗が空よりも青々として生き生きと風に揺れる
その日が来れば
あなたを追い出した人びとの過ちも
その旗で包まないといけないのではないかと
いつの間にか妻は私に教える教師です
再びチョークを持つその日が来れば
死んでも教壇から降りないで
いつまでも先生の「奥様」と呼ばれるようにしてほしいと
妻はサンチュのように笑って朝ご飯の支度をします

ご飯

飯の種を奪われてから一年になりました
しかしその間、無駄飯を食べていたわけではありません
張り紙と糊箱を持って街を彷徨いましたが
口に糊するためではありませんでした
奪われたことのある者は
奪った者の名前と性格を
頭の隅にまで刻んで生きていきます

ミンソクの百日祝いが過ぎて外に抱いて出てみると

ミンソク（註1）の百日祝い（註2）が過ぎて外に抱いて出てみると
近所のお年寄りたちは言った
この子は見事な顔立ちだね　将来は将軍だな
いないないばあっ
この子は本当に容姿端麗だ　いつかは大統領だな
お尻をパシッと一発
ところがそういうお祝いの言葉も私には何故だか
嬉しく聞こえない　ミンソク、
私はお前が遠い将来　どうか
将軍や大統領にならないでほしい

祖国を守る事より

政権に媚を売る将軍ならば
部下たちには狼になり
上官には鼠になる将軍ならば
空の星より肩上の星に目が眩んだ将軍ならば
未だに反共だけが救いだと信じる将軍ならば
いつか時が来れば混乱に乗じ
軍服を脱ぎ捨てたがる将軍ならば
虐殺を犯した血まみれの手を
平然と隠している大統領ならば
催涙弾なしではたったの一日ももたない大統領ならば
世界に類のない一六〇〇人もの教師を
教壇から追い出した大統領ならば
政権維持の手段として統一を利用する大統領ならば
私を信じてくれと言ったそばから国民を騙す
大統領ならば

そんな将軍やそんな大統領は　犬にでも任せておけばいい
ミンソク、私はお前が遠い将来
こんな将軍や大統領になってほしい
外国の軍隊が私たちの領土で暴れ回れば
怒りの剣を持って打ち払うことができ
権力の座には微塵の欲もない将軍に
資本家の白い手より
働く者の荒れた手を一番尊く思い
民を神のように思って仕える大統領に
誰もがその人の前なら跪きたいと思える人に
その日が来たとして
ミンソク、お前が将軍や大統領になれずとも
草ぼうきを持って彼らの家の庭を掃く
人になっても私はいいと思う
毎日ペンで彼らを讃える詩を書く

詩人になっても私はいいと思う

訳註

1　ミンソク…アン・ミンソク、著者の第二子で長男。一九九〇年生まれ。

2　百日祝い…日本では「ももか」と読む。子どもが生まれて百日目にするお祝い。

ステッカー（註1）を貼りながら

交通巡査が見ていたらどうしよう
市役所の担当公務員にバレたらどうしよう
身なりの整ったあの人
もしかしたら政府の情報員ではないだろうか
保護者や生徒たちが見ているのではないだろうか
学校で肩身の狭い思いをしていた　小市民の垢が
追い出されても抜けきれず
すり切れた出席簿のように思慮の薄い先生たちが
ひょっとして見られているのではと気をもみながら
ステッカーを貼る

一枚でももっと早く

一人でも多くに見られるように
目立つところへ
校門に電柱に
歩道ブロックの上に　待合室の壁に
一枚のステッカーを貼ることも
巨大な権力に立ち向かうことだ
教室で教えられなかった生徒たちに
街できちんと教えるのだ
ご飯の時間になってお腹が空いてきても
手首がしびれても

剥がれないように
強くこすって
生徒たちのところに帰る道が開けるまで
私たちの決意と怒りと憎しみを

指先に込めて
その一枚が真摯な愛として刻まれるまで
何度も何度もこすって
ステッカーを貼る

訳註

1　ステッカー…韓国ではステッカーを貼って、国民の知らない政府の悪政を伝えた。それは現在でも行われている。

私の町のオリオン工場

私の町のオリオン（註1）工場は
私の思い出　母にねだって買って食べた
東洋製菓のキラキラ星形ビスケットをつくるところ

製パン用の白い帽子を被った　まだ幼い女性労働者たち
この頃はストライキ中だ
ここ数日間　お菓子を焼く匂いがせず
労働組合を認めない社長に向かって
闘っている　スクラムを組んで
泣きながら歌う歌が
雨となって町を濡らしている

労働組合をつくったという理由で
私も学校から追い出された教師

教えたい　今日は
私の子どもにオリオンのお菓子一袋

買ってやりたい　あのお姉さんたちが
赤い鉢巻きをしめた
その手こそ
美味しいお菓子やパンを焼く手であることを
この世にとってかけがえのない
最もきれいな手であることを

訳註

1　オリオン…韓国の製菓企業。旧名、東洋製菓。ロングセラーのチョコパイが有名。

懐かしい裡里《イリ》中学校

校門前の文房具屋で一年生たちが鳥の群れのように朝から元気にはしゃぐ声
駆け足で挨拶をして再び走り出す足音
自転車のペダルを踏む音　車輪が風を切る音
廊下でもつれ合う音　燦爛たる大騒ぎの声
校長先生の連絡事項を先生たちが次々と伝える声
出席がとられ、背を向けて先生への不平を口にする生徒の声
宿直室前のヤマナシが花びらを開く音
庶務室のお姉さんがタイピングする音　お釣りの小銭を渡す音
授業を遮る汽笛の音
怒鳴りつける声　すすり泣く声
本を読む声　ページをめくる音
粘土のように柔らかなふくらはぎにムチを打つ（註1）

子どもたちの背がすくすくと伸びる音
体育の先生の首に掛かったホイッスルの音
煙草を吸ったのが見つかり、職員室に連れて行かれた生徒が頬を殴られる音
こっそり学校の塀を乗り越えようとして捕まり、手を合わせて謝る生徒の声
狭い教員用トイレにしゃがんで力を入れる声　そして時間差で先生の便の落ちる音
曇った日にチョークがポキっと折れる音
空に向かってサッカーボールを蹴り上げる音
運動部の生徒たちが、七面鳥のように騒ぎ立てる声
ガラス窓にぶら下がった、真っ赤な夕焼けがむずかる声
夜間の自習を監督する先生が、ジャージャー麺をすする音
蛍光灯に蚊や蛾が飛んできて、へばりつく音
学校の帰りに全国教職員労組事務所に向かう、教師たちの足音
寂寞の中で、夜が明けかかる音

訳註

1　ふくらはぎにムチを打つ…韓国では伝統的に子どもが悪さをすれば、親が子どものふくらはぎを棒などを鞭にして叩いた習慣があった。当時は先生も悪童に対してそれを行ったが、現在は禁止されている。

希望事項

我が家の末っ子のジュンヒョンは高校三年生ですが
学校が終わったら家に帰って体を洗って　ご飯を食べてから一晩中読書室に行って、
夜明けに家に戻ってから　体を洗ってご飯を食べて　また学校へ行くのですが
ひょろりと背の高い奴がよく鼻血を出します
どの大学に行かせるのかがお母さんたちの一番の心配事ですが、
漢方の薬剤を販売する一番上の伯父は　漢方の医科大学に行ったらどうかと言い
警察官である母方の叔父は　警察大学に行ったらどうかと言い
解職教師である私は師範大学に行くのはどうかと　こっそり子どもの気持ちを聞いてみたりします

詩人の言葉

私を悲しくさせる詩

世の中を見る方法はいろいろとある。八十年代の詩人たちが望遠鏡で世の中を見たのであれば、九十年代の詩人たちは顕微鏡で見ていたことを、まずは一旦認めよう。しかし、すべてを顕微鏡の力に頼って見ようとする九十年代の世の中の読み方は、私を悲しくさせる。そこから新しく芽生えたありふれた手法が、私を悲しくさせる。望遠鏡と顕微鏡を交互に見てみよう。時にはそのようなものを介さず、ありのままの世界を見るべきではないだろうか。広場に出るのはうんざりだと、小部屋に閉じこもったままではいけない。

詩で語れることは何もないと言う人は、私を悲しくさせる。それでも詩で語れることが多いと言う人は、私をもっと悲しくさせる。最初から最後まで一行の描写もなしに、自分の胸の内を次々と吐き出すような詩は、私を悲しくさせる。どれほど話したかったのだろうか、詩という形式を借りて一方的な告白をしているのだろうが、詩という名の服を着て、あちこちで苦しむその言葉たちは、いったいどれほど苦痛だっただろうか。話をしたくても我慢し、歌を歌っても一度は後ろに引くことができてこそ詩人であると思うが、暗いカラオケでマイクを一人で握る詩人の姿は、私を悲しくさせる。

詩人とは、感情の波を賢く調節しながら、その波を乗り越えていかなければならないものだ。詩とは深い川の上で櫓を漕ぐようなもので、感情を押しては引き、引いてはまた押すことでその趣を発揮できると思うが、前にも後ろにも行けずにその場でくるくると回わっている詩は私を悲しくさせる。前に進んでこそ後ろが見えて、後ろに引いてこそ前が見えてくるものではないだろうか。

酒を飲んでもいないのに酔ったかのように見える詩がある。朝言ったことを夕方にまた話し、三年前に言ったことを五年後に繰り返す詩は私を悲しくさせる。数多くの「駅前の前」、「古木の木」、「西海の海」などの同語反復が私を悲しくさせる。

栗の実のような石ころに、砂糖水を塗るような詩は私を悲しくさせる。この世の中でなにより大切で尊いものが愛であることを知らない人などいないと思うが、詩人ならば雌と雄の甘いささやきだけを転記する者になってはいけないのではないだろうか。あらゆる雄雌が、ご飯を食べて糞をした後に交尾をするという事実には、なぜ関心を持たないのだろう。時には愛も毒薬になるということや、希望がアヘンになってしまうことがあることを知らないのだろうか。ひょっとしたら知っていながらも、知らないふりをしているのだろうか。

　詩での具体性は感動の源であり、人生の生々しい拠り所でもある。具体性の湿地に体をこすった跡のない詩は私を悲しくさせる。未堂徐廷柱《ミダンソジョンジュ》（註1）の詩に出てくる、昔の「姉の爪」より、私は晩年の「婆の爪」のほうが好きだ。前者は才気あふれる虚構でありながら、後者は深みのある現実であるからだ。

　私を悲しくさせる詩を、これからも私はさらに読むべきなのか、やめるべきなのかを考えることは私を悲しくさせる。遠くへ行って教えを乞うまでもないことだ。私が今までに発表した詩集は、私を悲しくさせる。あまりにも多くの言語をむやみに扱った。詩集になった数多くの木々に犯した罪は大きい。すべての後悔は、また別の後悔を生むということをわかっていながらも、私は今日も悔やんでしまう。その内容が何であれ、反省は純度百パーセントでなければならない。それでありながら、私の後悔は骨が痛くなるほど切実なものでなく、ただ薄く淡白なもののようだ。

アン・ドヒョン

訳註

1 徐廷柱（一九一五〜二〇〇〇）…近現代の韓国における代表的な詩人。号は未堂。優れた言語感覚で韓国で最も影響力のある詩人の一人に挙げられる。

解説

錬鍛からの新しい道への風景

イ・ソンウク　文学評論家

一

詩人アン・ドヒョンの名前を聞いたのは、しばらく前のことだ。しかし、彼には残念な話かもしれないが、実は、私は彼の名前より先に新春文芸当選作である『ソウルに行く全琫準《チョンボンジュン》』を知り、この作品の著者である彼の名前はすぐに忘れてしまったものの、その詩題はとても強く印象に残っていたので、ずっと頭の片隅にはあったのだった。その後、アン・ドヒョンという名前を初めて意識するようになったのは、彼の第二の詩集『焚き火』を読み終えてからだった。

『ソウルに行く全琫準』を読んだ時もそうだが、『焚き火』を読んで特に強く感じたことは、まだ一度も会ったことがないにもかかわらず、彼は頑丈でがっしりとした印象だった。その印象は、詩人の綴った詩の質感だけでなく、彼の詩心から滲み出るもの、一人の人間としての人となりから生じる、共感に近い感情だった。

その後、彼に直接会う機会ができた。昨年、「民族文学作家会議」で推進していた各地域の詩の朗読会が全羅北道《チョルラブクト》地域の文人たちと共同で全州《チョンジュ》で開催された。それで私もふとした偶然から、全州に向かう電車に乗り込むことになった。彼はその時の催事の司会をしていた。しかしながら、ここで打ち明けるべきは司会をしている人物が、アン・ドヒョン本人だということに催事が終わるまで気づかなかったことだ。催事後の飲み会の席で互いに挨拶を交わしたことで、ようやく、彼が今話題になっている当の本人だということについて知ることになったのだ。今振り返っても、とてつもなく失礼なことをしてしまったものだ。

その催事で司会をする彼を見ながら、私が彼に対して持っていた印象があまり外れていなかったことを再確認した。彼の第一印象で特に目を引いたのは、なによりも黒縁眼鏡の奥で「キラキラ」が止まらない彼の目つきだった。それは茶目っ気を宿したようにも見えれば、純粋な悪童の眼差しのようでもあり、一方では鋭い目つきのようにも感じられたが、いずれにせよひっくるめて言えば、がっしりしながらも、荒さのない硬さを持つ印象だった。まるで、クルミの絵の横に「大きくなくても中身はがっしりして硬い」というフレーズを謳った広告イメージを連想させるものだった。今でもきっと彼の印象は、変わらず固いクルミを連想させるに違いない。

席を移して酒を交わしながら、一緒に歌を歌って楽しみながらふと感じたのは、彼がただ頑丈なだけでなく、良く言えば（！）かなり遊び人気質のようで、少し厳しく言えば、「騒がしい人」のように見えたのだ。そのような印象を抱きつつも、背は私くらいに低いということなどに同類意識を感じたせいか、少なくとも私は彼のことのをとても気に入ってしまった。また、ふいに柔らかさが映って重なる時は、とても魅力的な印象でありながら、一方で、彼と会わずして当初抱いていた印象、つまりは頑丈でがっしりした雰囲気はそのままだった。

その頑丈さのイメージが、この詩集でも突出しており、目を引くこととなる。さまざまな詩篇に見られる自分に対する厳しい目線や、さらに険しくなった人生を耐えるために靴紐をしっかりと結びなおす決断へ至る姿勢は、その頑丈さと根強く耐えるイメージを矛盾なく呼び起こす。もちろん、この詩集はそのような頑丈さだけでなく、切ない回顧や寂しい気持ちの木目が互いに上下へ、あるいは内外へと織りなされている。また、自分に対する叱責や羞恥心、敗北感が至る所に現れる。しかしそれらの多くは、自嘲そのものが特別な意味を持つものではないため、表現そのものを鵜呑みにしてはならない。むしろ注目すべきは、そんな感受性を生み出した現実の冷厳さを気を病んでも謙虚に認めること、そこでまた、一番孤独に、一番寂しく、一番謙虚に始めようとする決心を抱いているということである。それらは、「頑丈さ」のある姿勢がなければできないことであり、この詩集は私が彼に対して感じた当時の印象を呼び起こしてくれるのである。

二

今、詩人の体のなかには鬱血の塊が多いのかもしれない。詩人は黙想し、今まで自分が歩んできた道が滞留していることに、少なからず敗北感を感じている。彼はそれを解くために自分の心と体を注意深く観察しながら、じっくりとそれを診断していく。詩篇の大多数が内省であることもそのためだろう。そこからまず感じられるのは、その鬱血から生まれる、忸怩とした思いである。しかし、彼はそれを黙々と引き受け、心の奥で燃やそうとする。その燃やしていく過程で目指すのは、もう一度、自尊心を高めることである。そのため、この詩集で苦難に遭遇した彼の自存的な悩みは、その自尊心の高さを再構築すること、そして現実との妥協の間で心が激しく張り詰めているところに現れる。

多くの詩篇が一種の自問自答形式で構成されているということは、この緊迫した内省の側面と密接に関連している。自問は詩人の生活と内面に向かい、自分に対する非難やシビアな叱責などがその後に続く。一方、自答はそんな問いに対して、どのように自分を立ち返り、行動するかについての慎重な模索と決起の誓いである。もちろん自分に問う行為がすぐに賢明な答えをを導き出せないこともある。しかし、答えをすぐに出すことはできなくとも、自分に問うことだけはしっかりしておきたいという強い決意は明らかである。

自問の後に来る自答、その自答が血となり肉となるために必要なものは、一種の新しい夢に違いない。夢を見るのが難しい時代、夢を見るのに疲れた時代、誰かは夢なんてもうないと不平や不満を言いながら透明な焼酎ばかりを飲んでは、世の中を透明に見る方法は焼酎しかないと酩酊に墜落する世の中の流れにおいて、多くの人が理想を追うことをやめ、詩人の想像力と夢がますます窮乏していくようなこの時代に、彼はこれから新しい夢を見る。夢を見ようと努力する。詩人は夢見る者だという「古色蒼然」な主題を噛みしめ、また咀嚼する。しかし、夢を見ることは常に現実と向き合う行為でもある。夢が現実と向き合えない時、それはただの青白い自慰にすぎないことを彼はよく知っている。しかし、ある程度世の中を生き抜いた後だからこそ、決して容易とは言えない夢となり、その夢の実現には、以前よりさらに期待が隣り合わせになる。誰もが夢を見ることのない時代に、新しい夢の形を一つ一つ正確に刻んでいくために、彼は先ずしなければならないことを探した。それは、他でもなく自分を正直に振り返って直視すること、そして自身を振り返って批判して、再び自分を目標に向かって熱く鼓舞することであった。

このような行為は、いわゆる「反省」あるいはこの言葉に飽きたならば、「自省」と言えるものに属するだろう。考えてみれば一九八〇年代、私たちは幾度となく戦ってきた。桎梏ともいえるほどの不自由を強いられていたことで、戦いは激しさを増し、世間の移り変わる速度もとても速く、それらが加速すればするほど、私たちが望むものはきっとより早く訪れるものだと思っていたのだった。しかし戦いのなかで、夢見たことのなかで、多くの出来事が今や歴史から時効となって忘れ去られ、今や常識になってしまったものもある。解決されなかったのは、我々が安易で、無能であったことの過ちとも言える。このような過ちは個人としても集団としても厳しく反省すべきことであり、これからも何度も見直さければならない。

私たちは反省や評価に甘く、回避することに寛大なのではないだろうか。あるいは、反省があったとしても自分の心の内側で留めてしまうことが多いのではないだろうか。詩人とは自らを観察することによって、疲れた自分を再び奮い立たせ、自己省察を軸に詩を書く。自分の心の奥底から湧き上がる多くの声に詩人は耳を傾けなければならない。そしてその声を世の人々に打電しなければならないのである。しかし一方で、そのメッセージが広野に独り言として残ってしまうことがある。詩人の必死の打電にどれだけの人たちが耳を澄ませてくれるのだろうか。私はそれが恐ろしい。

三

世の中をめぐる状況が厳しいのであれば、もう一度世の中を正そうと願う声は以前ほど期待できない。その声を、詩人は一種のひねった方法で送ることができる。実はそのほうが常識かもしれない。しかし、彼はその常識を逆転させ、私たちの意表を突く。単刀直入に詩集を「君に聞く」で出発させ、たった三言で奇襲するのである。

灰になった練炭をむやみに蹴るな
君は
誰かに一度でも熱い人であったことがあるのか

――「君に聞く」全文

その「君」はこの詩集を読むあなたかもしれないし、詩とは無縁の人かもしれないし、ひいてはこの世のすべての人を指しているのかもしれない。しかし「君」は、やはり著者自身とその彼と似たような人生を辿ってきた人たちであろう。そしてこれに共感できるのであれば、もしかるすると、詩人と私たちはかなり熱く生きてきたと自負してもいいかもしれない。しかしその本音をもう一度探って、聞いてみると、我々は本当に熱かったのかと問いをかけている。サウナの熱さを自分の体の熱さであると勘違いするように、私たちは歴史が発していた熱を、自らが発した熱と勘違いをしていたのではないだろうか。これは著者自身と私たちに向けて送られたシビアな咎めであり、叱責に違いない。

このように、私たちがこの詩集を読むためには、胸の奥底にあるという痛みを伴う飛び石を踏まなければならない。著者はこのような奇襲を通じて私たちを一気に緊張させてから、「君に聞く」に宿した自省のシグナルをさまざまなかたちの鏡と記号で変奏していくのである。この変奏は主に自分の内外（しかし私たち全員を含む）を対象にして尋ね、希望し、誓うハーモニーで構成される。それはたとえば「私は今日一日の食事に値するのか」（「遠くの明かり」）と自問してみる箇所や、自分の詩作を振り返りながら再び緊張の糸をと引っ張ろうと誓いの心構えを示す「冬の夜に詩を書く」、「半壊した練炭」などが「君に聞く」で投げかけた質問と同質異形で発見できる。

詩人が恐れるのは自分の物足りなさや過ちではない。物足りなさや過ちは人生の日常茶飯事であり、反面教師にもなる。そのため、彼はそれを認めることはやぶさかでなく、過ちがあればそれを矯正して乗り越える意志が確固としてあり、詩人にとってそれは越えられない壁ではないのである。過ちもあれば、ミスもあるが、また起き上がり前に進めばいい。詩人が恐れながら耐えられないことは力及ばず倒れることではなく、力を尽くさずにひざまずくことである。このような心理は次のような詩に適切に現れている。

いつか私も音を立てて燃え上がってみたい
私自身を最後まで一度貫き通してみたい
載ってきたトラックに積まれて帰って行けば
練炭、初めてつけられた私のその名も
つぶされて　やがて私の存在も暗闇の中へとつぶされるだろうから
死んでもここで絢爛たる最期を送りたい

——「半壊した練炭」から

何かをやり直したい詩人（そして私たち）の心は、その恐ろしさを悟らせる力を見出していく。それは脳裏に浮かぶ「その良かった時代」から与えられるのではなく、自分を見つめ直し、そのなかで自分の論理的思考の欠点を見つめ、足りないものをしっかり補うことが、決して容易ではない困難な道であることを彼は予感しているのだ。その出発を告げる銃声として彼は自分の姿を時には惜しんで嘆き、時には恥ずかしさで、また、時には後悔する気持ちで見つめることを選ぶ。これは詩人自身、すなわち「私」に対する想像力の拡張を通じて行われる。この想像力はたとえば服や家、自転車、練炭、機関車、ポン菓子などのように、生活のいたるところに点在している最も日常的なものから、木、母岳山《モアクサン》、西海《ソヘ》、万頃平野《マンギョンピョンヤ》などの無双の自然からも得ることができる。このような要素は「私」を映し出す鏡となり、「私」を省察する象徴になっていく。この想像力の網が行き交うなかで、「私」の形状はどのように収められるのだろうか。「私」とは、次のように描写される。

「私」とは、次のように描写される。「一塊の灰になって寂しく取り残されることを恐れてしまう／だから今まで私は誰かの練炭の一つにもなれなかった」、「私」をつぶして「雪が降り滑りやすくなったある日の早朝に／自分ではない誰かが安心して歩いて行けるよう／その道をつくってあげることさえできなかったのだ、私は」（「練炭一つ」）、「私はこの山の下にある町でアパートの坪数を少しでも増やすために／どれほど浅瀬であがいてばかりいたのか」（「母岳山に登りながら」）いた者、「ポン菓子でお腹を満たそうとする欲」のように「あっという間にひっくり返るような人生」（「ポン菓子について」）を待っていたかもしれない者、または「私は今まで、世界の外から世の中をこっそり盗み見ていただけ」（「冬の夜に詩を書く」）だった者、それでひょっとしたら「一匹のカブトムシ」（「私の経済」）あるいは「泥水の中で餌を探してきょろきょろしている沼蛙じゃないか」（服のせい」）という者がまさに「私」である。そういうわけで「今日一日の食事に値するのかしないのか／考えるほどに暗く」（「遠くの明かり」）なりそうで「私はこの世に遠足に来て／今までどんな匂いを漂わせていたのだろうか」（「この世に遠足に来て」）知らず、「私は直さなければならないことがとても多い」、あるいは「人間でもない」（「こんなに遅い懺悔を君は知っているか」）。そのため「私」は「私ではない人たちのために　いや私自身のためにも／私たちは一度も命がけで生きたことがなかった」（「私に送る歌」）人物として回顧されるのである。

彼は自分自身のことをこんなにも赤裸々に、むさ苦しい存在として厳しく扱っている。そしてその次に、彼は学ぶべきことを探していく。しかし、そこで学ぶべくは新しいものではない。すでに世の中にあって、今も存在しているものである。それらは私たちの配慮が足りていなかったもの、本来であれば強い信念をもって向き合わなければならなかった現実を、ただ軽く扱い、見過ごしてきたことへの過ちである。「練炭一つ」を見てみよう。この詩で最も目を引く部分は「全身で人を愛してしまえば／一塊の灰になって寂しく取り残されることを恐れてしまう」である。全身で至誠を尽くしてからも、灰になって寂しく残ることは、どれほど恐ろしいことだろう。たとえ、体のたった一部だけが灰になるだけで済んだとしても、「名も希望」もなく倒れるのは耐えられないはずだ。

詩人、あるいは私たちがさまざまな人生を生きながら、それでも一人前に生きようと、唇を噛みしめながら厳しい試練や誘惑に耐えることができるのも、恐らくいつかはその報いがくることを期待していたからかもしれない。それが個人であれ集団であれ、私たちが正しい！と世の中に身を投じたのは、それを引き寄せた何かが根っこになっているからだろう。それを希望と呼ぼうが欲望と呼ぼうが問題ではない。問題は希望であれ欲望であれ、それが生きること、愛することへの強固な綱となっていたからである。しかし、今になって考えてみると、その綱の一本一本は、もしかすると文筆で名を成したいという渇望だったのではないのだろうか。もしくは、これほど身を捧げているのであれば、良いことがきっと私に起きるはずだという「当代主義」ではなかっただろうか。少なくとも灰になったとしても、その過程と足跡を誰かに認めてほしいという気持ちではなかっただろうか。とにかく詩人は、今や灰になったとしても、残るべきだという。このような気持ちは、たとえば、自分の価値を全うしようとする献身と犠牲の姿勢は「太陽と月」、「井戸」などに表れている。

詩人は、擦り切れてボロボロになった愛、献身、犠牲などの古い言葉に、なぜこんなに執着するのだろうか。そんな疑問を前にして、詩人は再び問いかける、もしあなたがそうだったと頷いたとしても、私は本当に「一度でも熱い」人であったか、献身的であったか、犠牲になる覚悟があったかと。言うなれば、詩人は言葉の形式を問うているのではなく、その内容を問い質しているのだ。固い表現だが、その本質的な内容の外延と内包を極限まで突き詰めてみようと言うのだ。もちろん、愛や献身などに意味がなかったわけではない。詩人が学ぶために出した問いは、要するに当然のようにあったそれらの既念に対し、いつの間にか染み込んでしまった私たちの私事や争いの種を、どうすれば剥ぎ取れるのかにある。

既にあるものを別の観点から見ること、それを昔、私たちが学校で受けた「意識化教育（註1）」では「視覚矯正」などと言った。おそらく対象を別の視点から見るという意味だろう。韓国では米国を「我々の血盟国」と言いながら、その米国を帝国主義国に。また詩人が学校で学んだ「偉大な民族の指導者」（「学校へ行く道」）朴正熙大統領（註2）が独裁者だと知ったのは、その「視覚矯正」のおかげだった。しかしその視覚矯正は、まだ小さな悟りに過ぎず、必要な時もあれば、必要でない時もくる。世の中の道理を悟るということ、人の暮らしに染みついた曲折を見られるということ、そして世の中と人びとを立体的に理解できるという意味では大きな悟りだが、そのために必要なのは「視覚矯正」の繰り返しであろう。詩人は、この視覚矯正の過程を踏んでいる。これは考え方を変えたら地獄が天国になるといったような観念遊びではなく、現実に対して厳正な客観性を見失わないようにしようという姿勢であるがゆえ、気迫を伴っている。

このように民主化という「春」を迎えるために詩人は「ソウルに住む友へ」を借りて、自分に、そして友に語りかけていく。今まで努力したものが、冬の風に落ち葉が吹き飛ばされていくように、生きていることがが虚しく思える時、自然と世の中を改めて見回して、それらに宿っている理知が自分の姿をどう表現するのかを考えてみよと。以前の世の中の倫理を脱ぎ捨てた世界で、自分の体に合う倫理を取り上げてみよと。

　春は一方でこれまでは感じられなかったことを知らせてくれる。詩人が「傷跡だらけ」の群山《クンサン》沖の西海《ソヘ》に向き合った時のことである。これについて話してみよう。いつも、東海《トンヘ》の海は青いという。それは、色が一つだということだ。そのためか、東海が与えるイメージは純真な子どもそのものである。しかし、西海はそうではない。青くもなく、一色でもない。西海は場所によって色が違う。ありとあらゆるものが混ざっているような色。あるところは灰色で、あるところは黄土色。また、あるところは私たちの色感で見分けられない色だ。東海は言うならば、明るさ、そして日差しのイメージに似ている。しかし、西海は悲しみの思念として浮上しているようである。

　東海岸は比較的に真っ直ぐなかたちをしている。真っ直ぐで長く引かれた舗装道路をよく連想させる。しかし、西海はそうではない。私たちの人生の紆余曲折と物事の屈折ほどに羊の腸のようにくねくねと曲がっている。純真ではなく、明るくはなく、真っ直ぐではなく、そのように単純ではないものこそが世の中だ言うが、そのなかで耐えながら生きて行くべき私たちの人生も、同様に単純ではないのである。しかし西海は、きれいなものから汚いものまで、高いものから低いものまですべて受け入れて抱いている。それが西海の懐である。

群山沖の西海は、世の中のすべてのものを成すものが一つに絡み合い、ざわめく混沌と華厳の海である。その西海には、世の中から傷を与えられることで黒いあざができる。しかし、自分の歴史から逃れることはない。詩人は世の中の本来の姿に似た西海を見ながら、世の中の道理をどう理解していけばいいのかを黙想しているようである。世の中で気に入った色や形だけを取り入れる偏屈さでなく、見慣れた自分の目を過信するのでもなく、あらゆることをすべてを受け入れ、そのなかで傷ついて胸にあざができても、海の本質は失わない西海の豊かな品性を自分の人生と比較しているようである。

また、これはどうだろうか。「木」を見ると詩人は、木に例えて自分のことを論じる。詩人は木を見ながら、「なぜ枝々の神経痛がわからないのか」と考えるようになる。その枝たちの神経痛は、つらくてむさ苦しい日常を送る小枝かもしれない。私たちの人生でも問題はいつも日常の小枝のようなものかもしれない。太くて目立つ人生を目指している自分を信じ、自分を疲れさせてしまう小枝の倫理を詩人は考え直している。しかし、木は様々な神経痛の煩雑さと面倒さを黙々と受け止めながらも、自分を支えるために力強く育っていく過程を経て、詩人はその木を描き直し、新たな視点から私たちを喚起させているのである。

「小枝の神経痛」を知らない人生は、卑しい人生であり、ややもすれば堕落的な人生になりかねないという懸念は、そんな小枝を正しい人生のテーマから差し引いてはならないことを警告し、新たに私たち心を揺さぶっていく。

そのような心の脈絡は「ポン菓子」にも表れている。「私は人生が教えてくれた道に従ってきちんと／歩んでいるのだろうか、たとえば／(……)／あっという間にひっくり返るような人生を期待していたのではないだろうか／ポン菓子でお腹を満たそうとする欲が大きければ大きいほど／舌に出来物ができるほど食べてしまうので／夕飯は要らないと駄々をこねて／母さんに叱られてぶたれるんだ」(「ポン菓子について」)

四

詩人は学ぼうとする。世の中のすべてのあらゆる物事を見直す目を通じて、自分の視野を違う角度に調整しながら。しかしその学びは、視野が変わり、広くなったからといって、急に身につけられるはずがない。学びの対象をきちんと決めた時、それを自分のものとして体得するために受け入れるべきことは、もしかすると過酷な鍊鍛とそれに伴った苦行なのかもしれない。その鍊鍛の過程は、「顎の先まで息が苦しくなる」(「母岳山に登りながら」)というように、いつ終わりがくるかわからない。山道では息が切れ、体は汗の匂いに包まれ、詩人はまるで軍事訓練所の新兵のように全身を緊張させて床を這いながら、口に土が入って思わず噛んでしまい、飛び石で膝がすりむけても、それは一つ一つ確認しなければならない世の中の風景であり、本質的なものなのだと感じながら、進んでいく。そうすればやがて、「今まで世界の外」(「冬の夜に詩を書く」)でうろついていた自分が、その世界の内側へ入ることができるからである。「私はやり遂げたことがないと気がつく　ふと／これではダメだ、ダメだと思いながらも人生は新しく始めるもの」と、自分を喚起させながら「姿勢を低くして草むらの中に鎌を当てながら」(「草刈り」)釜を当てるために姿勢を低くすることは、世の中をもう一度、正しく学ぶための姿勢と変わらない。

　しかし、その錬鍛過程は過酷である。その過程では、時に安堵してしまったり、さまざまな誘惑も多いに違いないからだ。そのたびに詩人は自分をもう一度励ましたり、叱ったり、慰めたりもし、もう一方では再び錬鍛の初心をまっすぐに立て直す。たとえば「うぬぼれを捨てなきゃね／(……)／新しい道をつくって走る時こそ、君は機関車なのだ／もう終わりだ、これ以上進めないと思った時に力を出して／走ることができてこそ、誰もが君を力強い機関車と呼ぶことだろう」(「機関車のために」)し、私は「もう少し行けば立派なものに出会えるだろうという／信じたくないけれど、それでも投げ捨てられない希望が／ここまで私たちを連れてきたように／茅項にもそうして行く」（「茅項への道」）、あるいは「一歩二歩と登っていけば／顎の先まで息が苦しくなる時があるが、そんな時は／私はこの世に結局は苦労するために生まれてきたのだと思った／生きるということは／もう少し、あともう少し／あそこまで行ってみようと言いながら前に進むものなのだと／私なりに迷わず結論を出してみながら／（……）／山を登っていく／下る道をはっきり知っていたのなら／私は我を忘れて登るだろう」（「母岳山に登りながら」）と、この詩篇が自分への心遣いの表現なら、「世の中をぎゅっと抱きしめ」（「ニンニク畑のほとりで」）たいという決意や、「私は今まで、世界の外から世の中をこっそり盗み見ていただけだ／もう一度、ボールペンを握らなくては／低いところへと　しきりに私の体を突き抜ける雪が／今夜、私の愛する人たちの布団になってほしいと／私が書かなければ、この世界の真ん中で／今、私の書いている詩がご飯になり汁物になるよう」（「冬の夜に詩を書く」）、あるいは「寒いのに家に帰るのは大変だろう／自らに明かりを灯すということ／人のために遠くからでも励ましの光を発するということは」（「遠くの明かり」）、また「人間も／最も長く彷徨った者の足の裏が／最もきつい臭いがするものだから／私はこの世に遠足に来て／今までどんな匂いを漂わせていたのだろうか／（……）／日が暮れて下山するまでには／厳しくならないと　君にじゃなくて／今日の私自身に」（「この世に遠足に来て」）、そして「私ではない人たちのために　いや私自身のためにも／私たちは一度も命がけで生きたことがなかった／（……）／世の中とは私一人でも押し込んで風穴を塞がねばならないところ／君のために捨ててもいい　私の体は冷めていないから／今はまだ家に帰る時ではない／私が歌わねばならない歌はまだ終わっていないから／まだ家に帰る時ではない」（「私に送る歌」）、この詩篇は自分への決意という初心を再び確認しているのである。

五

誰でもある決心の初心を顧みて、現在の自分を再び立て直そうと誓いを立てる時、それは何故かたいてい荒さや悠長なトーンを含んで構成されがちだ。この詩集にもそのような傾向は随所に垣間見ることはできる。しかし、アン・ドヒョンの詩の世界はそれほど単調なものではない。その誓いが時折、違った形で変奏される時、私たちは詩人の多様な好奇心から生まれる、多彩な造形法を見ることができる。「あのトネリコの幼い新芽も」のような詩に接すると、それを感じとれるはずだ。同じテーマを語ったとしても、世の中と絡み合ってみようと「つんと尖った薄緑の新芽を伸ばして出てくるのを見ると」そうやって「私も生きがいのあるトネリコになりたい」と思い「あの湿った土から／この私の体の隅々まで／春」が来るのを見たいという感受性のから綴られる言葉は、前述した誓いや決心とは、また別の風景を見せてくれるからである。

また、彼の多彩な詩の世界は、なによりもきらめくような短詩から見ることができる。長い詩ではその時々の呼吸や節の結びつきが十分ではなく、詩を上手な言葉であやす楽しさが少ない反面、彼の短詩は詩的メッセージを縮約した構図のなかに宿しており、そこから味わえる詩ならではの緊張感、面白さは一線を画している。

私たちは今まで詩人が新しい道を探していく決意や、その決意を貫こうと努力するを惜しまない気持ちと、それを現実化させるために工夫していく姿を共に見てきた。多分その道は、彼一人だけの道ではなく、また、彼一人だけが進むべき道でもないのだろう。今日、彼はその道を私たち読者が互いに仲間になって進むべきだという伝言を次のように打電している。

幾重の山、うねる波、困難な時代
乗り越えることが難しいと思える時ほど
友よ、行こう
私たちが新しい道となって行こう

――「新しい道」から

訳註

1　朴正熙（一九一七～一九七九）…韓国の第五～九代大統領。韓国の近代化を進めた一方、憲法を改正して長期政権を目論んだが、一九七六年十月、部下であった情報部長に暗殺された。

2　意識化教育…韓国では一九七〇～一九八〇年代において、「生活夜学」「労働夜学」などが登場し、キリスト教団体や労働運動、学生運動などと関連が深かった。それらの夜学では「意識化」という用語が用いられたが、「意識化教育」とは学習者が自分の属する社会を批判する意識を学び、健康な社会構成員として成長するための教育を意味した。

イ・ソンウク（一九六〇～二〇〇二）…文学評論家、文学博士。文学をはじめ、スポーツやファッション、大衆文化など、幅広く批評。二〇〇一年から〇二年まで、早稲田大学に交換留学生として滞在していた。

邦訳版 あとがき

この詩集を出して三〇年という時間が経ち

アン・ドヒョン

一

文学とは絶え間ない逸脱と転覆を夢見ることのできる遊びである。遊びながら組み立て、取り壊しては逃げ出し、定着しては浮遊していくのが文学の道である。文学が世を支配したことはなかった。しかし世を支配したいという虚しい野望が、文学を志す人びとの心には宿っている。趣味として、仕事として文学に携わる者の多くは、その彷徨える夢を掴んで生きている。これが食べていけなくとも、文学というものが偉大に見える理由はそこにある。だから文学で食べていこうとした者たちはさらに貧しくなり、文学で有名になろうとした者の名刺は、さらにみすぼらしくなるのだ。それでもある時は、文学で世の中に役立つ何かをしてみたかった。文学で理不尽な世の中を変えることに、素朴ながら少しでも手を加えてみたかった。そのように文学を考えることで、しばしば文学至上主義者たちに石を投げられたこともあったが、痛くはなかった。もう三〇年も前のことである。

書くということには、今でも変わらず恐怖心がある。何かを書いたら、私の人生が書いた通りに流れていくということを何度も感じてきたからだ。私が詩を書いたのに、詩が私を監視して指示をする。私はすべての言語が呪術的な力を持っていると信じている。詩とは、言語が他の言語と出会って、誇らしく響き合う形式である。まるで地に植えた木が根を張って地に穴を開けるようなものだ。言葉はその詩を書いた人の未来にまでも干渉する。詩の言葉は、特に巫女の言葉と同じで、扱うには非常に慎重にならなければならない。

文学と私は、互いに向かい合うことのできる仲だった。それぞれ互いに向き合ってほしいと文句を言っていた時もあった。それは文芸誌の目次に、私の名前が一番後ろにある頃だった。文芸誌に載った名前が前になればなるほど、向き合うことは難しくなっていった。文学が私を放置し、私が文学を放置した結果だった。それでも、あくせく文学にしがみつきはしない。時には集中して、時には遊ぶ。日雇いの労働者のように、今は書く。文学と私が互いに裏切らなくて良かった、と思いながら。

二

小学校六年生の時、私は故郷を発った。大学生になった従兄についていき大邱《テグ》に留学することになったのだ。見知らぬ土地で私が初めて学んだのは、一人暮らしの家の練炭を火を消さず、時間がくれば取り替えることだった。庭に面したこじんまりとした縁側には、薄い合板でつくった食器棚が一つ置かれていて、そのそばに練炭のかまどがあった。その炎が私を育てた。練炭の赤くて青い炎が舌を鳴らして、オンドルに吸い込まれていくのが見えた。その炎でご飯と汁物と即席ラーメンをつくり、靴下と運動靴を乾かして、洋銀の蒸し器で一晩中湯を沸かし、朝そのお湯で洗髪をした。火を消さないように、寝てからも時がくれば急いで練炭を交換し、練炭を留め穴に正確にはめるために眠気いっぱいの目をこすり、練炭ガスを吸わないように数秒間は息を止めなければならなかった。

丘の上のあの一人暮らしの家から学校に行くには、険しい坂を下らなければならなかった。冬になると雪解けの水が坂道を氷にした。でもそんな朝は、誰かがいつものように練炭を細かく砕いて、その灰を坂道に撒いてくれていた。そのありがたい人が誰なのか知ることはなかったが、この世には他の人のために働く人がいるということをぼんやりと知ったのもそのころだった。

三

この詩集に載ったほとんどの詩は、二八六コンピューター（註1）で書き、ドットプリンターでプリントアウトし、封筒に入れたのちに郵便で出版社に送ったものだ。それは、韓国でインターネットが大衆化する少し前のことだった。

四

私は学校教育の虚構性を文学を通じて気づき、価値観を修正していった。「光州《クァンジュ》」（註2）に象徴される一九八〇年代初期に大学に通い、詩を書きながら私の頭から離れなかったのは「歴史の中へ」（註3）という話題だった。光州で無念に多くの人々が亡くなったのに、それを意識的であれ無意識的であれ、背を向けて生きるということは罪なことだと考えた。一九八〇年以降、第五共和国（註4）初期の数年間は、批判の産室といえる大学でも沈黙を強いられたが、私はそこで窮屈な現実を突きやぶる文学を夢見ざるを得なかった。そういう意味で、「光州」は私たちの世代にとって負い目であり、私にとってはまさに厳格な教師でもあった。

一九八〇年代以降、私の文学の指向は、現実的な虚構や美学的な虚偽との戦いになっていった。私には一九八〇年代に、二十代の青春を送ったということがこの上なくありがたく感じられる。一九八〇年代は、新米の文学者に、世の中が矛盾に満ちているということを思ってもいなかった形で見せてくれた。二十歳のある春の日、詩集を持ってベンチに座り、セウカン(註5)を食べながら焼酎を飲んでいると、戒厳軍に声をかけられ、ボコボコになるまで殴られたことがあった。その日以来、詩集より歴史や社会科学の本を読む日が多くなった。一九八〇年代を通して私の文学的関心は「小部屋の文学」を「広場の文学」に移行させることだった。「私」よりは「私たち」を、韓国文学を男性的な力強い文学に変化させてみようと考えたりもした。全教組の教師を解職されてからは、文学の社会的な機能や効用について極端な態度を取ったこともある。文学がこの現実を変えることもできるかもしれないと考え、そうなれば、文学が変革を促す手段になってもいいと思ったりしたのだった。その当時は文学より切実なことがあまりにも多かったからである。この詩集は、そんな思いの終着点で出版された。

五

一九八九年八月から一九九四年二月まで私の名前の前には「解職教師（免職された教師）」という言葉がついてまわることになった。「解職教師」と言われるたびに私の心では二つの精神状態が衝突していた。潔く一つの時代を背負っていこうとする自尊心と、そしてもう一つは、周囲の厳しい視線から生じる現実的な侮蔑感だった。

この詩集に載った「君に聞く」は「私」に厳しく問いかけ、「私」に痛いほど鞭を打とうという詩である。私でない他人に一度でも熱い人になること、その思いで学校から追い出された自身の悲哀を自ら収めようとした。そうして初めて、その険しい時代を耐えていけそうだと思えた。

一九九四年春、私は全羅《チョルラ》線の汽車に乗って、獒樹《オス》（註6）駅で初めて降りた。バスに乗り換えて長水《チャンス》郡の山西《サンソ》高校を訪れるためだ。解職されてから四年半ぶりに復職して新しい高校に赴任したのだった。「山西」という言葉の与える山あいのイメージのせいで、馴染みのない不安が鳥肌のように吹き出た。その学校の近くで、私は一人暮らしをした。暖房はオンドルで、庭の水道のそばで米を研いで雑巾を洗わなければならない、軒の低い家だった。社会の広場から、やっとのことで小部屋に落ち着いた感じだった。

ここで何年間はじっくりしよう。詩の書き方を少し変えなければ。それまでの私は重い荷物のように詩を引きずっていた。言葉の妙味よりは社会的メッセージの先導性に関心を傾け、うんざりするほど同語反復を乱用し、一篇の詩に力を入れて句読点を打とうと欲を出し、詩には行と連があるという事実さえ忘れて詩を書いてきたからだ。世の中を見渡すさまざまな方法があるのに、一九八〇年代の民衆詩は望遠鏡だけで世の中を捉えようとしていた。顕微鏡を当てて世の中を見る必要もあるだろう。小さくてつまらないもののなかに入っている、大きなものを探さなければと言い聞かせながら。

六

私が文学をここまで連れてきたのではなかった。文学が無知蒙昧の私を、ここまで引っ張ってきてくれたのだった。書くということは、私という人間を少しずつ直していくことだったようだ。文学によって変化した私が揺れるたびに、文学は再び私に鞭を打とうとした。文学は私にとって、常に初心の炎を燃え立たせる鋭い鞭だった。文学は厳しくて怖いけれど、私に文学を教えてくれたこの世の中に感謝している。

一篇の詩のために、何よりも長い時間が必要だということを私は知っている。そのためか、詩を書いている時間は信じられないほど早く過ぎていく。まるで恋人と一緒に過ごす時間かのように。他人の詩を読む時も、その詩人が職人的にどれほど時間を費やしたのかを注意深く観察する。時間を溶かして書いた痕跡のない詩、時間の熟成に耐えられなかった詩、言葉一つに命をかけていない詩を、私は信頼しないほうだ。

詩を読み、詩を書くこと。それはこの世と恋愛することだとよく思う。恋をしている時は木の葉の落ちる音一つにも敏感に反応して、恋に落ちた相手と自分の関係を通じて数多くの関係の網が複雑に絡み合っていることを考え、豊かに恋に落ちるためにあらゆる観察力と想像力を総動員するべきだ。恋愛とは、多くの時間と労力を集中してかけなければならない人生の一つの形式だと思う。熱く焦がれるだけの恋愛、理性が先立つ恋愛も私は警戒する。熱くなった心は冷めやすい危険性があり、理性的であることは愛を容易く左右してしまう。熱い気持ちと理性が共にある恋愛、欲張りだと言われても私の詩はそのような過程のなかで生まれることを願う。

すべての感動は交感から生まれる。詩の感動は、まず詩人と読者との交感、すなわち、意思疎通の上にあらわれる。しかし、それが行われたからといってすべての詩が響きを持つわけでもない。虚しい意思の疎通よりは、孤独な断絶がむしろ互いを幸せにする時もあるからである。詩を見る美学的観点と言語に対する経験が自然に一致する時、詩的感動は増幅されるだろう。こうして考えると、言葉とは詩人と読者の間に置かれた架け橋であると同時に、見えない妨害者でもある。由緒ある「不慣れ化」（註7）という方法は、その二つの役割を同時に遂行しようとする時、依然として有効な詩的方法である。読者を安心させながらも不安にさせる詩、これかと思えばあれでもある詩、真っ直ぐだと思えば曲がっている詩……。私は最近、そんな詩の創作を夢見ている。

私は、表現のリアリティのなかに感動の要素を生みだそうと力む傾向がある。行と連を数えきれないほど変え、最もしっとりとした言葉、最も適した語彙を配置するために彷徨う。私が言おうとしていることと言葉が最も理想的な形で出会うまで、言葉を探しては消して、入れて、ひねって、絞り出して、揺さぶる行為を私は厭わない。少なくとも私の詩が私一人ぐらいを感動させるまでは、言葉と殴り合うように戦うのである。

訳註

1 二八六コンピューター…一九八二年から生産されたIntel製の80286CPUが内蔵されたコンピューターを総称する韓国での別名。

2 光州…一九八〇年五月十八日から二十七日まで展開された「光州民主化運動」のこと。全斗煥を中心とする新軍部が断行した、政治活動や集会を禁じる非常戒厳令拡大措置や金大中氏が拘束されたことに抗議して、光州市の学生や市民が立ち上がるが、戒厳軍によって武力で鎮圧され多くの犠牲者が出た。光州民主化運動は、その後の韓国民主化の基礎となり、光州は韓国の民主化を象徴する地名となった。

3 歴史の中へ…「忘れられていく」という意味。

4 第五共和国(一九八一～一九八八)…一九八〇年の改憲後、間接選挙によって大統領に選出された全斗煥政権の時代を指す。七九年一〇月の朴正熙大統領暗殺後、全斗煥ら新軍部は同年十二月の軍事反乱を通して軍を掌握、八〇年五月には非常戒厳令拡大措置や、光州民主化運動の武力弾圧で民主化勢力を抑え込んで政権を掌握していた。政権末期の八七年六月、大々的な民主化運動(六月抗争)が起き、与党が大統領直接選挙を柱にした民主化宣言を行ったことで、第五共和国は終焉に向かうこととなった。

5 セウカン…えびせんに似た韓国のお菓子。

6 獒樹駅…全羅北道任実郡にある全羅線の駅。

7 不慣れ化…ロシア形式主義の表現方法。慣れ親しんだものを見慣れないものとして表現し、人びとの認識を再創造する方法。例えば、「枯れた花瓶の花」を「花瓶の中で枯れた私の人生」のように見慣れた対象や状況を作家の視線で多様に形象化させる方法。

翻訳者あとがき

光と希望、温もりを与えるアン・ドヒョンの詩

ハン・ソンレ

アン・ドヒョンの詩は、韓国の文壇と読者の両方から幅広く愛されてきた。彼の詩は、読者たちの人生に光と希望を与える詩が大部分である。世の多くの詩は、「詩は世の中のために何をすべきなのか」という問いへの探求であることを拒否する詩であり、もしくは現実に埋没した詩になってしまっているのが今日の現実である。「私たちは世の中のために何をして、いかなる人生を生きるべきか、いかなる人間になるべきか」という平凡でない質問に、彼の詩は難しくない言語を駆使し、その理由と答えを提示する。そのため読者たちの多くは、彼の詩を読みながら自分の人生を振り返るようになる。

このように彼の詩は、繰り返される日常のなかで、私たちに訪れる人生に対する虚しさ、

人生の逼迫、残忍さなどの感情を溶かし込んで共感を呼び起こし、やがて読者が自らに問いかけ、読者自身がその問いへの答えを発見していく。これが多くの読者たちが、彼の詩集をそばに置いて、辛かったり苦しかったりした時に再びその詩集を取り出して読む理由なのだ。

この詩集で彼は、抽象的で大げさな観念ではなく、特段、新しいことのない日常を、易しい身近な日常言語で話してくれる。その日常の姿はさまざまであるが、この詩集では「練炭」という日常語が非常に重要なメタファーになってくれる。この詩集の最初のページを飾った「君に聞く」からわかるように、練炭は寒い冬に喜んで自分を燃やして、温もりを与えつつ献身した後、灰として残る。つまり練炭は、全身が燃える苦痛を通じて、貧しい人々に真の愛を施したのちに、自ら一塊の灰として寂しく最期を迎える。自身を「粉々に砕く」人生のなかで、初めて人生の真の価値に気づく。彼はそういう象徴としての練炭を謳っている。

韓国で練炭を暖房用や炊事用に使用しなくなって久しい。しかしこの詩集によって、練炭という名詞はアン・ドヒョン詩人を象徴する単語になった。練炭は燃え尽きたら、新しいものに取り替えなければならない。そうでなければ火が消えてしまう。永遠ではないが、温度を高めて維持するために、人々が絶えず必要とする存在が「練炭」であった。このように詩人は、寒い冬に喜んで自分を燃やし温もりを与える練炭のような詩を書く。

彼の詩を読めば、私たちが日常生活で持っているもどかしさ、わずらわしさ、苦しさなどの情緒が一度に退いていく。この詩集の読者たちは、すでに「自分を犠牲にして人々に温もりを与える練炭のように暖かなヒューマニズム」の列車に同乗したのだ。そしてこの詩集を読み終えた時には、自分も誰かにとっての温かい人になっていたくなるはずだ。

この詩集に収められた「練炭一つ」は、最近世界的にも人気を博した韓国ドラマ『ウ・ヨンウ弁護士は天才肌』の劇中で朗読された詩でもある。ドラマの第12話で、ある女性弁護士が解雇された女性労働者たちを助け、社会通念を破るために戦い続ける。そして被害女性たちと共に粗末な家屋の屋上に集まって、この詩を朗読した。この時、この詩がどれほど美しい詩なのか、この詩が人々にどれほど大きな希望を与えているのかを知ることができる。

この詩に出会えば、なにか面を食らったような思いがするかもしれないが、この詩集を読むにつれ、詩人が練炭を通じて言いたいことが何なのかがわかるようになってくる。

一九九四年に初版が出版されたこの詩集のなかで、前述した「君に聞く」と「練炭一つ」は、詩人アン・ドヒョンを世に広く知らせる役割を果たした。詩人の代表的な作品といえるこの詩集は、彼の4作目となる。韓国で最高のベストセラー詩人であり童話作家でもあるアン・ドヒョンは、韓国で最も知名度の高い詩人でもあり、韓国の代表的な文学賞を多く受賞し、世界各国で詩集と童話集が翻訳出版された。日本初の彼の日本語詩集『氷蝉』(書肆青樹社)

は、大きな話題を集めた。当時三ヶ月間、計五〇回にわたって西日本新聞にエッセイと詩が連載されたのだが、韓国の詩人としては、初めてのことだった。この連載は、日本でエッセイ集『小さく、低く、ゆっくりと』(書肆侃侃房)として出版されている。

詩で世の中に多大な影響を及ぼし、人々に暖かかな温もりを与えるアン・ドヒョンの詩が、日本の読者たちにも広く読まれて愛されることを願いつつ、ここで筆を置くこととしたい。

著者　アン・ドヒョン（安度昡）

一九六一年、慶尚北道醴泉郡生まれ。圓光大学国文学科を卒業し、檀國大学大学院文芸創作学科で博士学位を取得。大学在学中の一九八一年、詩「洛東江」が韓国の毎日新聞新春文芸に、一九八四年には詩「ソウルへ行く全琫準」が東亜日報新春文芸に当選して文壇デビュー。詩集に『ソウルへ行く全琫準』（一九八五）、『焚き火』（一九八九）、『あなたのところに行きたい』（一九九一）、『孤独で、高く、寂しく』（一九九四）、『恋しい狐さん』（一九九七）、『海辺の郵便局』（一九九九）、『何でもないものについて』（二〇〇一）、『君の所に行こうと川を作った』（二〇〇四）、『切に、実に、頑是なく』（二〇〇八）、『北港』（二〇一二）、『ノウゼンカズラが咲いて楽器を窓際に掛けておけるようになった』（二〇二〇）などがあり、散文集『安度昡の発見』（二〇一四）、『白石評伝』（二〇一四）、『胸ででも書いて指先ででも書け』（二〇〇九）、『告白』（二〇一一）、『私の所に来たすべてのあなた』（二〇二一）など著書多数。詩壇でも大衆にも愛される詩人であり、童話作家としても有名である。多くの童話を書き、童話『鮭』（一九九六）は一〇〇刷以上出版された大ベストセラーとなる。

世界各国で詩集と童話集が翻訳出版された。日本では、詩集『氷蝉』（二〇〇三）、童話集『幸せのねむる川』（二〇〇三）、エッセイ集『小さく、低く、ゆっくりと』（二〇〇五）、『詩人 白石』（二〇一二）など。

素月詩文学賞（一九九八）、露雀文学賞（二〇〇二）、尹東柱文学賞（二〇〇七）、白石文学賞（二〇〇九）、夕汀詩文学賞（二〇一二）などを受賞した。現在、壇国大学文芸創作学科教授。

訳者　ハン・ソンレ（韓成禮）

一九五五年、韓国全羅北道井邑生まれ。世宗大学日文学科及び同大学大学院国際地域学科修士卒業（日本学）。一九八六年、詩と意識新人賞を受賞して文壇デビュー。韓国語詩集に『実験室の美人』、『笑う花』、日本語詩集に『柿色のチマ裾の空は』、『光のドラマ』、人文書に『日本の古代国家形成と「万葉集」』などの著書があり、許蘭雪軒文学賞、ポエトリー・スラム翻訳文学賞、詩と創造賞（日本）などを受賞。宮沢賢治『銀河鉄道の夜』、丸山健二『月に泣く』、塩野七生と黒柳徹子の人文書やエッセイ書の韓国語への翻訳書など、日韓間で二〇〇冊余りを翻訳。特に、日韓間で多くの詩集を翻訳し、金基澤詩集『針穴の中の嵐』（思潮社）、『金永郎詩集』（土曜美術社）、宋燦鎬詩集『赤い豚たち』（書肆侃侃房）、金鍾泰詩集『腹話術師』（竹林館）などを日本で翻訳出版し、高橋睦郎、伊藤比呂美、小池昌代、田原をはじめとした日本の詩人たちの詩集を韓国で翻訳出版した。現在、世宗サイバー大学兼任教授。

独り 気高く 寂しく

2024年10月18日　初版発行

著者　アン・ドヒョン
翻訳　ハン・ソンレ

装丁　米山菜津子
校正・校閲　ハン・フンチョル
装画　キム・ジミン
編集　朝木康友

発行人　長嶋うつぎ
発行所　株式会社オークラ出版
〒153-0051 東京都目黒区上目黒1-18-6 NMビル
電話 03-3792-2411（営業部）
03-3792-4939（編集部）
URL https://www.oakla.com/

印刷　中央精版印刷株式会社

ISBN：978-4-7755-3038-2

외롭고 높고 쓸쓸한

本書は、韓国文学翻訳院の助成を受けて刊行されました。

This book is published under the support of
Literature Translation Institute of Korea（LTI KOREA）